餐桌上的芍藥花

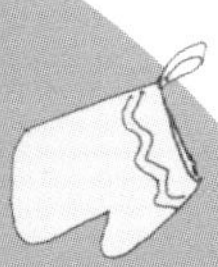

周芬娜 著

目錄

自序

綠化生活，有機烹調

我一直想寫一本有趣的小書，來結合我的兩大興趣：蒔花養草與烹調美食，經過一番努力，才終於實現了夢想。我這麼做其實也是在實踐一種我夢寐以求的生活：自栽自採，自炊自食。以自己種植的鮮花、蔬果、香草入菜，不但菜肴健康有機，而且滋味新奇有趣，也為自己的生活帶來不可言喻的樂趣。雖然書中有少數蔬果是我的庭園中不生產的，但也大多來自朋友的有機菜園和果園。我想把大自然真正地帶入我的日常生活，也帶入大眾的日常生活之中。

不過，要放手實踐這個富於開創性的理念，卻非易事，整整花了我三年的時間。這一千多個日子裡艱辛備嘗，我卻愈挫愈勇，樂此不疲，只覺得生活無比地充實，充滿了挑戰，並真正地與大自然合而為一。為什麼要花這麼久來完成這本小書呢？請聽我一一道來。

首先，要種植這些我計畫中的鮮花、蔬果、香草，都得先到苗圃裡搜尋購買，有時我還得跑好幾家苗圃才能買到。幸運地買到後，還得親自運回家，找尋適當的地點，滿身大汗地栽植，然後耐心地澆水培育，等它們慢慢地成長。既然是有機栽培，我當然不噴灑任何農藥，純粹看天吃飯。

其次，栽培任何植物都需要時間金錢終才能有收穫。加州在這三年中曾經連續兩年乾旱，水費爆漲，我栽植的這些花草樹木有些竟不幸枯乾而死，或只長葉子不開花。此外，我還得跟不時來偷吃的野鹿、野兔、松鼠抗爭，例如我所種的玫瑰花苞，曾被野鹿啃了個精光，令人抓狂。例如這兩年我所栽植的水蜜桃，每年都結了幾百顆桃子，卻在成熟前被可惡的松鼠吃得一顆不剩，令人氣得吐血。還好大部分的作物都有收成，才使我有了豐富的烹調食材。

最後，要將這些作物烹煮成可口的佳肴，不但需要靈感經驗，也需要參考大量的資料，並在廚房裡不屈不撓地做許多的實驗，拍許多的照片，並將親身的經驗化為文字，這些需要高度的熱情、耐力、體力來支撐。除了書中所列出的三十種食材外，我還實驗過向日葵、合歡花、朝鮮薊、廣玉蘭、金蓮花……等花果蔬菜，不是滋味不佳，就是在台灣取材困難，只好忍痛放棄。

有人以為食花無異於煮鶴焚琴，這實在是一種迷思。殊不知食花其實是愛花，不忍它萎謝化為塵土。如木槿花，它只有一天的生命，朝開而夕謝，令人不捨，拿來入饌，誰曰不宜？其實在韓國和中國鄉下的一些地方，早就有用木槿花來做菜的風俗，它可煎、可炸、可炒、可湯，無不味美非凡，為我的餐桌大大增色。我用木槿花來做火腿豆腐湯，炒豬肉絲，實驗結果都非常成功，而且簡便可行。能夠為大眾開發新菜，也使我心裡充滿了成就感。

而且食用鮮花，正是現在的飲食新潮流。如夜來香，這麼香美的花朵，也是短短兩三天就萎黃凋謝，令人心生不忍。在聞香之餘，不如趁它風華正盛時，做幾道佳肴來嘗嘗。中國的江蘇菜早就用夜來香入菜，我依樣畫葫蘆地試做了夜來香雞片湯，滋味意外的佳美。我也發明了一道夜來香雞蛋炒番茄，是一味簡易可口的家常小菜。可惜夜來香只有夏天才開放，是道道地地的時令菜，不能隨時品嘗！

此外，我非常享受收穫家裡的橄欖樹所結的橄欖，並把它們醃漬成甜橄欖和鹹橄欖的過程。那個感覺好像是在釀酒，加料醃漬後，讓它們在冰箱中放個兩三個月，慢慢熟成入味後才拿來食用，那長時間的等待，似乎使它們的風味更為雋永。我也享受自己將新鮮柿子曬成柿餅的過程，親眼看著飽滿爽脆的柿子，在豔陽的照射下，逐漸化為軟熟乾癟的柿餅，濃郁的甜美中充滿了加州陽光的芬芳。

此書能夠出版，與大眾分享，首先要感謝《聯合報》副刊主編宇文正小姐，《北美世界日報》副主編吳婉如小姐，和北美《品雜誌》不時刊登書中文章，予以鼓勵支持。接著要感謝文友名作家丘彥明小姐牽線，將我介紹給印刻出版社，共同合作出書。這一本小書，竟是許多人的心血結晶，如何能不珍惜？

二〇一七年三月二十日於加州矽谷

海棠迎春

加州春早，我所栽植的「貼梗海棠」（Common flowering quince, *Chaenomeles speciosa*），總在舊曆年前開花，先花後葉，非常嬌媚。粉紅或豔紅或雪白的花朵，密密麻麻貼簇生在每條花枝上，不僅雅麗多姿，而且喜氣洋洋，正是過年的好花材。但枝條上有刺，剪枝握持時要小心一些。

在加州矽谷的專業苗圃「夏風」（SummerWinds Nursery）裡，每年十一月中旬，就可以買到「貼梗海棠」的日式盆栽，去年我迫不及待地先買了一盆，放在室內觀賞。「貼梗海棠」是「木瓜海棠」（Chinese Flowering Quince）改良後的觀賞灌木，樹型矮小，但花朵更為豔麗茂密，開花後也會結果，果粒小而稀少，而且不香，我家裡種的就是這一種。開花時我通常會從園裡剪下幾枝，插在中式的藍瓷瓶裡，家裡就充滿了年味了。

我純粹有機栽培的那株「貼梗海棠」，完全不施肥料，因此每年只結一兩粒小木瓜，我捨不得吃，通常留著觀賞。它不像原生種的中國木瓜果大肉厚，香氣馥郁，久存不壞，這才是中國《詩經》所說的「木桃」，也是適合饋贈給情人的禮物。我少年時讀到《詩經》上：「投我以木桃，報之以瓊瑤。匪報也，永以為好也！」的句子，就常在想那「木桃」到底是什麼東西，值得拿來送給情人，並使對方以美玉相報，以結同心之好？

這個困擾了我十多年的謎題，一直到三十幾年前我移民到美國定居後，才找到了完美的答案：原來「木桃」就是「木瓜海棠」的果實！木瓜海棠是北溫帶植物，在亞熱帶的台灣無法生長，難怪我在台灣從沒看到過。那是一種小喬木或灌木，初春開花，夏末結實，芳香木質，形狀如梨，因此又名「木瓜」或「木梨」，也有稱為「木桃」的。台灣人一聽到「木瓜」，就想到木瓜牛奶汁。但台灣木瓜其實是從國外傳來的「番木瓜」（papaya），果實甜軟而有異味，熟極而爛時，異味更濃重得令人無法忍受。如果拿來向意中人求愛，恐怕不但不會獲得青睞，反會遭人白眼，拒絕往來。

木瓜海棠也常見於美國及日本。我去年去加州矽谷的「懷洛麗」（Filoli）

▲嫣紅的中國木瓜海棠，可結果實。

◀美國木瓜海棠的果實熟了。

豪宅花園賞花時，很幸運地發現園中種有一整排樹齡數十年的木瓜海棠灌木，枝條上也有刺，正結實纍纍，樹枝上結滿了木瓜，不但果粒大，像小型的蘋果，色澤黃綠中帶著朱紅，而且清香撲鼻，隱約可聞。我驚喜非凡，不禁拿起相機，拍了又拍。我撿了一個已經瓜熟蒂落的回家品嘗，發現果味酸澀，必須以糖加工後才能食用。

以前聽說中國木瓜的果味也是酸溜溜的，且因汁少而硬，中國人一般很少鮮吃，而用來做蜜餞、果醬食用，或用來入藥，或只用來聞香。中國的著名甜點「八寶飯」裡的青紅絲，就是用中國木瓜做的。自製青紅絲不難，只要先將一個新鮮的木瓜去核切絲後，用冰糖加水，小火熬成蜜餞。一半的木瓜絲用紅色素染紅，變成紅絲；一半的木瓜絲用綠色素染綠，變成綠絲，在冰箱靜置三天以上，讓顏色固定，備用。

▲北宋的八寶杏仁茶中的青紅絲就是用木瓜做的（攝於開封）。

後來我又研究了一番，才知道原種的中國木瓜海棠樹，其實還高於美國的「木瓜海棠」灌木，雖然也是薔薇科木瓜屬植物，卻是落葉小喬木，枝條無刺，可以輕鬆的剪花採果。每當初春來臨時，簇簇的花朵就會從它的枝條上破綻而出，雖不如貼梗海棠的繁盛，也自有一番嫵媚動人的春色。宋代的詩人張舜民曾如此歌詠它道：

簇簇紅葩間綠荄，陽和閑暇不須催。
天教爾豔呈奇絕，不與夭桃次第開。

我讀了這首詩後上網去找到了圖片，覺得張舜民是形容得非常得貼切。真的好希望能親自邂逅啊！

沒想到我的美夢不久後就實現。今年夏末我清晨出去散步時，居然發現鄰居種了一整排木瓜海棠樹當樹籬，高有五公尺，是一種小喬木，已有三十年的樹齡，而且枝條上無刺，正是原種的中國木瓜海棠樹！它們每年早春開出嫣紅的花朵，花開比「貼梗海棠」稀疏些，但今年八月時也結出了六個小木瓜，看來結果率並不是很高。有一天我看到有兩顆木瓜成熟落地，便撿了來自製青紅絲，並蒸了一個小型的八寶飯，頗為成功。

我的小型八寶飯材料是：自製青紅絲、自製桂花醬、蓮子、紅棗、枸杞、豆沙、蜂蜜、冰糖、鹽適量，糯米一杯。自製桂花醬很容易，秋天時將我家盛開的銀桂採下，放在小玻璃瓶裡加白糖放幾天，白糖裡就會充滿桂花的香氣。在八寶飯蒸好後，將一湯匙桂花白糖放在小鍋裡，加適量的清水、蜂蜜、冰糖煮成濃稠狀，即可供食。

至於小型八寶飯，製作也不難。先將糯米一杯先煮熟，適量的蓮子、紅棗、枸杞用溫水泡發，瀝乾備用。然後選一個小圓碗，先塗上一層素油，將蓮子、紅棗、枸杞、青紅絲排成好看的圖案，先盛入三分之二的糯米飯，填入豆沙，再盛入三分之一剩下的糯米飯抹平，上籠用小火蒸兩個小時，再倒扣於白瓷盤中，外觀五彩繽紛，就已動人食欲。最後淋上自製桂花醬，並撒上一些新鮮桂花，斯時只聞桂香撲鼻，令人頻頻下箸，轉眼間吃個精光。年夜飯桌上如能端上一份這樣的自製甜點，必使賓主盡歡！

中醫還說中國木瓜全株可入藥，舒筋活血，對足部特有療效。李時珍也在《本草綱目》裡說：「木材做桶濯足，甚益人。」因此有人特地用中國木瓜樹做成木桶泡腳，也有人拿木瓜的果實泡成「虎骨木瓜酒」飲用，不一而足。如果你也有興趣的話，不妨就來試一試吧！

梨花與梨

梨樹為薔薇科木本植物，屬落葉喬木，每年二月開花，花色雪白。李時珍的《本草綱目》說：「梨，樹高二、三丈，尖葉光滑有細齒，二月開白花如雪……梨品甚多，乳梨即雪梨，鵝梨即綿梨，消梨即香水梨也。」

我喜歡梨的美味，也喜歡觀賞梨花的美態。我在美國結婚成家後，家裡不但擁有前院，也擁有後院。我總會在後院種一株梨樹，春天時觀賞稠密而潔白如雪的梨花，夏天時享用那甜脆多汁的梨果，心中感到無比幸福。

在我心目中，梨花另有一種浪漫的意象。它總令我想起香港作家鍾曉陽的長篇小說《停車暫借問》——小說女主角是中國東北撫順的富家千金趙寧靜，男主角是從小跟別人訂了親的布商子弟林爽然。兩人不顧社會壓力，無

▲盛開的烏梨花。

法抑遏地深深相戀。有一年初春，他們手牽著手在郊外踏青，乍然看到一株野生的梨樹盛開，雪白的梨花開得稠稠密密，把樹枝壓得低低下垂，嫩薄的花瓣春陽下晶瑩發亮。兩人看得陶陶然，不禁採了一枝梨花，一起拖著那枝梨花癡癡地笑著，相依相偎地走回家。

那是趙寧靜和林爽然的愛情最甜美的一刻：就像佛家所追求的「花枝春滿，天心月圓」的境界，也是人生最圓滿幸福的狀態。深陷情網的兩人雖然最後不幸陰錯陽差的勞燕分飛，各自婚嫁，遺憾地渡過不快樂的一生。但他們青春年少時在陽春三月共賞梨花的那一剎那，在他們心中都已定格為永恆的意象。純潔浪漫的情愛，在人生往往可遇不可求，即使曾經幸運的邂逅，也不一定修成正果。但我覺得愛情「不必天長地久，只要曾經擁有」，有時不結成連理，也是另一種幸福。因為愛情轉化成婚姻後，就等於納入了社會倫理之中，有時反而因此變調變味，感覺也就不再那麼美了。

雪白的梨花在色澤上，乍看雖不如粉紅的桃花、海棠花的嬌豔，卻別有一種純潔優雅的美態，並飄散著淡淡的清香。怪不得宋代詩人陸遊曾用「粉淡香清自一家，未容桃李占年華」的詩句來歌詠梨花，金代詩人雷淵也曾發出：「雪作肌膚玉作容，不將妖豔嫁東風」的讚美之辭，形容得非常貼切。

宋朝詩人蘇東坡也因而寫下「一樹梨花壓海棠」的詩句，這句詩的原意雖是調侃另一位宋朝詩人張先的「老夫少妻」，但蘇東坡先生要不是真心的感覺梨花比海棠花還美，也不會寫出這句足以傳誦古今的詩句來！

大家都知道梨花的美麗，卻很少人知道梨花也是可食的。梨花與紅蘿蔔、豆腐乾、洋菜、麻油等涼拌，可拌成一道「涼拌梨花」的可口冷菜；梨花也可與排骨、白蘆筍等共烹，煮成一道叫「梨花排骨湯」的美味湯饌。梨花還可製成梨花果凍、油炸梨花、梨花茶、梨花蜜餞或鹽漬梨花食品，滋味都很可口。有興趣的人不妨試試看！

我自創了一道簡易的梨花沙拉，材料是生菜、番茄、梨花。只要將幾片蘿蔓生菜葉洗淨瀝乾，鋪在盤底，把一個番茄切成四等分，放在生菜葉上，再撒上幾朵梨花，再用糖、鹽、芝麻油略拌，滋味就很可口。而且這道沙拉在外觀上綠、白、紅相映，十分賞心悅目。我吃著吃著，好像把美麗的春天也吃進肚子裡去了！

梨樹是一種北溫帶的果樹，在亞熱帶的台灣只見於高山之上。台灣中部就有座知名的梨山，以產美味的二十世紀梨著稱於世；台灣的「中影」還曾拍過一部老電影《梨山癡情花》，由當時的當紅影星——雪膚花貌的紫茵主演，因為她正是土生土長的梨山泰雅族原住民。

至於在我所定居的加州矽谷，因為氣候屬於北溫帶，梨樹倒是長得滿坑滿谷，到處都是，還分「西洋梨」和「亞洲梨」兩大類，有會結梨果的，也有只開梨花觀賞用的。一般說來，亞洲梨果肉香脆多汁，滋味甜美，適合鮮吃；西洋梨果肉軟爛，甜度較低，比較適合做成梨子派、梨子塔、梨子果醬等甜食。美國人鮮吃西洋梨時，通常還配著乳酪食用，以免傷胃。

中國人大多不適應西洋梨那軟爛的口感，其實有些西洋梨是非常好吃的。美國的西洋梨品種很多，以「安卓梨」（Anjour Pear）為大宗。安卓梨因原產於法國的安卓省而得名，我在巴黎吃過真正的安卓梨，時值九月，那安卓梨果當時熟透了，果色金黃，飄散著濃厚的梨香，一聞就令人食指大動。而一嘗之下，果肉綿軟，不論鮮吃、榨汁都香甜可口，用來做梨子塔風味尤佳，是我觀光巴黎的那一個禮拜中，每天必吃的水果和甜點。

可惜安卓梨從法國傳到美國栽植後，不知道是為什麼，不但梨肉變酸變硬，連那股迷人的梨香也不見了。我想大概是水土不服，或尚未成熟就採收送到超市販賣的緣故。倒是美國有一種名貴的「皇家里維耶拉梨」（Royal Riviera Pear）非常可口，每年在感恩節前後上市，我一定會專門去買幾盒來

▲我家結實纍纍的烏梨灌木。

◀形如不倒翁的里維耶拉皇家梨。

送禮或自食。為了買這種珍稀的梨，我得上網到 Harry & David 訂購。Harry & David 在美國是一家專賣珍稀水果的連鎖老店，有近百年的歷史了。

十幾年前的夏天，因為我曾寄了一箱自栽的二十世紀梨給住在費城的青妹品嘗，那一年的聖誕節她特地回贈我一箱皇家里維耶拉梨當聖誕禮物。我一嘗之下，驚豔不已，這是我發現這種美味洋梨的經過。據說它源自歐州，以前是專供歐洲皇室食用的貢梨。美國人七十年前將它引進，特地在氣候水土與歐洲相近的奧立岡州（Southern Oregon）紅河谷（Rogue Valley）有機栽植，十分成功，成熟後才採摘，正式上市販賣。

皇家里維耶拉梨，是一種大型的洋梨，外形如不倒翁，每個幾乎有半磅重。外皮青綠時就甜軟可食，並帶有乳酪的口感，入口即化，幾乎可用湯匙挖取。變成金黃時就變得十分軟爛，只能用湯匙舀著吃，感覺如飲瓊漿玉露，令人覺得說不出的甜爽快活。

洋人則大多不適應亞洲梨那甜脆的口感，覺得亞洲梨吃起來像蘋果，不像梨子，真是沒辦法。我卻最喜歡吃亞洲梨，如二十世紀梨、雪梨、天津鴨梨之類的。我曾在加州矽谷南灣的莫干山小鎮（Town of Morgan Hill）舊居重了一株二十世紀梨，不需施肥噴農藥，初春就自動花開滿樹，七月開始結實纍纍，鵝黃的梨果有上百顆之多，令我欣喜欲狂。那梨樹的枝條不勝負荷，往往被壓得彎曲下垂。這些有機栽植二十世紀的梨，除了鮮吃外，還可以入菜呢！我最常做的菜是梨片炒雞絲、梨片杏仁排骨湯……等，都是清甜滋潤的佳肴。這種二十世紀梨果粒不大，果皮碧綠微黃，果肉細膩，脆甜多汁，生津止渴，我每天一定要大啖幾顆，吃不完的再分贈華人好友，無不受到熱烈歡迎。

我五年前搬了新家，新居就在離舊居只有半小時之遙的薩拉度加小鎮（Town of Saratoga）。舊主是洋人，她似乎也對梨樹有偏愛，前院樹籬便是一排長長的鳥梨樹，草坪上還種著一株供觀賞的梨樹。初春時節，但見前院梨花盛開，霏霏如雪，光彩奪目，有如香雪海一般迷人。當春風微微吹過時，滿樹雪白的梨花輕輕款擺，像片片雪花飛舞，又如點點繁星閃爍，美得令人沉醉。

秋天時，這些梨樹的樹葉會逐漸變成橙紅，我常坐在前院的園椅上發呆，我遠眺著綠草坪前幾株金黃的白樺樹，和橙紅的梨樹，將自己融入濃濃的秋色之中。那美麗的秋色賞之不盡，觀之不足，我常一坐就是一早上，找到許多寫文章的靈感。最近看台灣名作家劉克襄的近作《男人的菜市場》，他也提到了鳥梨，不禁感到意外的驚喜，原來他也享有跟我一樣的童年回憶。鳥梨曾是我兒時最喜歡的零嘴之一。他說：

很多人童年時，想必都吃過醃漬的鳥梨，或者吃過以冰糖裹覆，形成冰狀體，甚至有飽含紅色色素的糖葫蘆。唯年紀大時，多無緣再邂逅。儘管現今好些夜市有懷舊的糖葫蘆出籠，且創造出各形各色，但多以李子、草莓和番茄取代。過去插在稻草稈上，皮薄酸澀的鳥梨其實不多見了。

他說的話都是真的。台灣的鳥梨樹多半是野生於高山之上，而近年來因各種天災人禍，已逐漸接近絕跡。我很幸運地不勞而獲，家裡擁有十幾株鳥梨樹，我卻都只觀賞而不食用，大概羨死許多台灣人。因為美國屬於北溫帶，是梨的主要產地之一，好吃的梨實在是太多了，誰還耐煩吃那酸澀的小鳥梨？

我們就先燉一鍋清甜的新世紀梨排骨湯吧！材料是排骨一斤，南杏、北杏若干，新世紀梨兩個。先取一湯鍋，倒入適量水煮至滾沸，再將排骨放入汆燙約一分鐘後取出，洗淨備用。將新世紀梨洗淨，削皮切塊。將排骨、南杏、北杏、新世紀梨塊，放入燉鍋中，用大火煮開後，改轉小火，燉兩個小時，加鹽調味，即可供食，湯味清甜滋潤。

梨肉和雞肉的滋味很搭調，無論熱炒涼拌，滋味皆美。這道菜我喜歡用新疆進口的庫爾勒香梨來製作，庫爾勒香梨是亞洲梨和西洋梨的交配品種，滋味香甜脆嫩，而且不易出水。雞肉要切片，用蛋白、酒、太白粉、糖、鹽先抓過，再用中火炒熟，以保持潔白鮮嫩。在雞片八分熟時，加入已切好的梨片混炒，快起鍋時加入我所栽植的巧克力薄荷草同拌，即可盛起食用。巧克力薄荷草的特殊香味，使這道梨炒雞美味倍增。如果是涼拌，當然就不必將梨片放入炒鍋中混炒了，直接和炒熟的雞片同拌即可。

像梨這麼美麗、美味，而梨果和梨花皆可食可賞的植物，叫人如何不愛之入骨，嗜之如狂呢？

桃花與桃

我五年前剛遷入新居時，有位專營農場的朋友，送了我一株她自己培育的加州水蜜桃樹當贈禮。那株桃樹苗只有半公尺高，一點都不起眼，我隨意把它種在陽光充足的前院。誰知次年三月初它竟開出滿樹繁花，花朵粉紅嬌小，頗具風韻。更沒想到，六月時它竟結出十二顆小桃子，早熟而自然掉落。我撿起來一嘗，甘美多汁，正是道地的水蜜桃風味！

一年後我家這株水蜜桃樹已長到一公尺高，枝葉茂密。而且七月時結出兩顆大蜜桃，粉白嫣紅，像是美人的雙頰。我捨不得吃，留著觀賞了好幾天，誰知有一顆長得較低的桃子，昨天居然被某種動物給偷吃掉了，不知道是松鼠還是地鼠幹的好事，真是可惡至極。我只好趕快把那顆碩果僅存的水蜜桃採下來吃掉。啊！那滋味入口如飲瓊漿蜜露，令人終身難忘。怪不得台灣目前市面上所見的進口水蜜桃，百分之九十來自美國加州！

桃樹原產中國，品種很多，有的以顏色命名，有的以形狀命名。明代的名醫李時珍在他的《本草綱目》中就曾說過：「桃品甚多，有紅桃、緋桃、碧桃、緗桃、白桃、烏桃、金桃、銀桃、胭脂桃，皆以色名者也。有錦桃、油桃、御桃、方桃、扁桃、偏核桃，皆以形名者也。」有些品種現在已經失傳了。水蜜桃就是白桃的一種；緗桃又稱緗核桃，是專門種來吃桃仁用的。

就功能而言，桃樹可分為觀賞、食用兩大類。觀賞用的桃花外型碩大明豔，但並不結果。我在日本住過三年，就看過複瓣桃、枝垂桃等著名的觀賞品種。我在中國揚州的瘦西湖，還見過好幾株同時開著深紅、粉紅、雪白三色花朵的桃樹，媚態撩人，都是在美國、台灣不常見的。但加州有一種紅碧桃花也很嬌豔稀罕，成簇開放，不但花朵紫紅，葉子也是紫色的。對桃花之美，中國的文人墨客歌詠極多，我最喜歡的是李白的詩：

清水本不動，桃花發岸旁。桃花弄水色，波盪搖春光。

▲複瓣桃花（攝於北京中山公園）

▲自家院子生產的加州水蜜桃，甘美多汁。

桃樹喜水，適合種在水邊。他把春光、春水、春花融為一體，詩境猶高。

中國古代醫學認為，食用桃花可「令人好顏色」，容光煥發。現代藥理研究證實，桃花中含有生物鹼和植物激素，可促進血液循環。桃花中富含鐵質，以其花瓣泡茶飲，或研末做成蜜丸，少女常食之，可使身體散發出春桃香氣。因此有人還研發出桃花蛤蜊湯、桃花豆苗蛋餅、桃花粥等佳肴，令我看得摩拳擦掌，準備來年春天桃花再開時，必定一一試做。

兩年前我家這株水蜜桃樹已長到一公尺半高，快與我齊頭了，也開出滿樹繁花。我採下一嘗，那桃花瓣兒並沒有什麼滋味，而且花朵太小，並不令人驚豔。我於是又驅車苗圃，到處去找適合入饌的桃花品種。跑了好多家苗圃，結果皇天不負苦心人，我終於找到一株盛開中的美國黃桃（Elberta Peach），不但花朵碩大明豔，而且香氣馥郁，桃花瓣兒咀嚼中帶有杏仁味兒。頓時想到我昨天特地去中國超市買來的新鮮豆苗，我迫不及待想將它用來做一道聽說過的桃花豆苗蛋餅嘗嘗！

桃花豆苗蛋餅是一款道道地地的初春時饈，只有在三月桃花開放，豌豆苗初生時才能吃到，珍貴可知。我將兩個雞蛋打破，盛入碗中，略加鹽調味。將五朵粉紅的桃花去除花蕊，摘下花瓣，洗淨備用。幾莖豌豆苗摘下葉片洗淨，然後在平底鍋中澆一湯匙油，淋下蛋液，攤成蛋餅狀，呈半凝固狀態時，放下桃花瓣、豌豆苗，略加少許鹽、白胡椒調味，再捲成蛋捲，將它焗熟，就起鍋食用。

那雞蛋餅攤得八分熟，本身已是香嫩可口，配上桃花的香，豆苗的鮮，真是一種新奇美妙的組合，給人意外的驚喜。我配著剛炊好的白米飯，望著室外燦爛的春光，一小口一小口地慢慢將它吃完，好像逐漸吃下了春天的蓬勃，頓覺活力無窮，怪不得中醫說這道菜能開胃、補肝、消腫！

於是，我決定再來做一鍋清鮮的桃花蛤蜊湯嘗嘗。我一大早就驅車華人超市，買到半斤鮮活的蛤蜊，回家後先將它們養在清水裡慢慢將沙吐盡。然後將事先熬好的雞湯燒沸，放入蛤蜊、薑絲，淋下米酒，湯水滾沸片刻，便見蛤蜊殼一一張開，露出雪白的蛤蜊肉來。那時再放下幾朵桃花，略微攪拌，我就把它盛起食用了。那鮮湯帶著淡淡的桃花香氣，看了就覺得誘惑，嘗了更令人胃口大開！

總之，桃花至豔至香，適合配至清至鮮之物，方能襯托。有人將桃花配豬肉牛肉食用，反而掩蓋了桃花的香豔浪漫，智者不取。最近我那株水蜜桃花都慢慢凋謝了，結出一顆顆的小蜜桃，我順手一數，竟有數十顆之多，是個豐收之年。美國黃桃花則開得正豔，或許過兩天再來燉一鍋桃花粥來嘗嘗？

李花與李

我家後院小山坡上有一株李子樹，長得瘦長娉婷，乍看像營養不良，但每年早春開出一簇簇白花，每朵花有五片花瓣。李花較梨花小，但比梨花繁密，素雅清新，潔白如雪，也自有一番動人幽姿。每年八月中旬李子成熟，果色深紅，裹著一層濛濛的白霧，去年結了四顆，今年也只有四顆。我採下細細品嘗，那李肉豐馥多汁，甜中帶酸，滋味又不同於台灣的「紅肉李」，又增長了一番見聞。

李子，在中國又名「嘉慶李」，根據《西京雜記》所載：「京都嘉慶坊有李樹，其實甘美，故稱嘉慶李。」《西京雜記》的作者有人說是東晉葛洪，也有人說是漢朝的劉歆，那此文中的「京都」，指的或許是南京，也或許是長安。李花通常在三四月間開放，先花後葉，花小而繁茂，猶如滿樹香雪。宋人楊萬里曾歌詠道：

李花宜遠更宜繁，惟遠惟繁始足看。
莫學江梅做疏影，家風各自一般般。

詩中說李花繁茂，梅花稀疏，美感上各不相同，可說是非常貼切。中國人形容美人，總說她「豔如桃李，冷若冰霜」，把桃花、李花相提並論，都是東方美的象徵。

中國成語「桃李滿天下」，出自春秋戰國時期。當時魏國有一位叫子質的大臣，培養了很多門生，但因得罪了魏文侯，門生沒有一個肯幫助他，他只好漏夜潛逃。有一天他登門造訪哲學家子簡時傷心地哭問道：「為什麼我培養了那麼多有出息的學生，可是當我有難時，他們卻一個也不肯出力，害得我流落他鄉呢？」子簡先生回答：「如果你種下的是桃樹和李樹，來年不光可以乘涼，還可以品嘗甜美的果實。可是你種下的卻是蒺藜，因此不但不會有美果可吃，反而會被它刺到。所以我們培養學生一定要像種樹一樣，先選擇對象，再加以培養。」後來，中國人便稱培養人才為「樹人」；而教師所培養的人才多，就叫做「桃李滿天下」。

李樹在中國的栽培歷史十分久遠，品種很多，《詩經》記載「何比穠矣，華如桃李。」漢武帝修上林苑時，廣集天下花木，其中便有五花八門的李樹。《西京雜記》說：「上林苑中有紫李、綠李、朱李、黃李、青綺李、青房李、同心李、含枝李、金枝李、顏淵李、羌李、燕李、蠻李、侯李等十四種。」日本的李子就是從中國傳入的，他們奈良時期的文學名著《萬葉集》中曾有記載。

歐洲和美國的李子有許多優良品種，是跟中國的李子雜交培育出來的。我前一陣子去逛附近的農夫市場，就看到一種翠綠的大李子，形圓而帶著一個俏皮的尖角，前所未見。一嘗之下，口感清脆，其甜如蜜，我馬上買了五個來打牙祭。詢問其名，攤主說叫「綠色樂園」（Green Paradise），也前所未聞，大概是最近改良出來的新品種。

李子雖然好吃，但也不能多吃。過食李子會令人發虛熱，因此中國民間有「桃食飽，杏傷人，李子樹下埋死人。」的俗諺，我青年時代就曾因嗜食「紅肉李」，每天一吃就是一斤，甚至只吃李子不吃飯，因而得了痛苦的胃潰瘍，人瘦得像竹竿，治療了好幾年才痊癒。經過了這番教訓後，我現雖仍愛食李子，卻總適可而止，每天只以一顆為限，嘗個味道就好，吃來更是滋味無窮。

李花也是著名的美容食物之一，《本草綱目》說：「李花令人面澤，去粉滓黯䵳。」令我不禁想試吃一番。我家的李樹大前年三月中旬就盛開，但前年讓我癡癡地等到四月中旬才開花，不知道是否因為前年加州特別乾旱，冬天沒下雨。還好三月時下了幾場春雨，不無小補。我所以著急地等李花開放，是想做一道「李花水果沙拉」，我迫不及待地剪下幾莖李花，取下花瓣，然後將蘋果、梨、香蕉、鳳梨切成小塊，放在一個半透明的玻璃碗中拌勻，再從我的檸檬樹上採下一個檸檬，擠入一些新鮮檸檬汁到沙拉中，就是漂亮又美味的李花水果沙拉了！李花的花瓣稍帶一點苦味，但都被這些水果的甜味給中和了。而新鮮檸檬汁會讓蘋果片、梨片、香蕉片保持顏色潔白，不會發黑。

李子通常在七月時成熟。我家的那株李子樹，去年春天因為加州連續兩年的乾旱而不幸枯死，令我傷心不已，只好請園丁把它鋸掉。美國國慶時跟朋友聚餐，她卻送來一袋她家自種的李子，有五十幾個之多，我一見大喜。

▲我的李花和李子。

那些李子個頭雖不大，果李上也沒有白霧，卻熟媚紫紅，散發出迷人的李香。我不禁拿起來咬了一口，只覺汁水濃郁，酸甜適度，李核也小，只供鮮吃實在可惜，應該拿來做些佳肴來品嘗。我喜歡吃排骨，知道煮排骨時加些醋，不但能使排骨加速軟化，而且消油解膩，那我為什麼不用李子這些紅燒些排骨來嘗嘗呢？

我剛好買了兩磅很靚的小排骨，肉頭特別的厚。我將四個蒜瓣剁碎，再選了十二個熟得快裂開的李子，燙去外皮備用。李子皮酸澀而且傷胃，而且會破壞菜肴的風味。我再起油鍋將蒜末爆香，再將排骨放入鍋內煸過，然後加入適量的米酒、冰糖、老抽（濃醬油）、清水，大火煮沸後再放入去皮的李子，以中火紅燒十分鐘，再改成中大火，將汁收乾。只見一鍋小排骨微泛紫紅，剔去李核後，我迫不及待地夾起一塊小排骨來品嘗，頓覺李香撲鼻，酸甜肥嫩，真可說是不可多得的人間佳味。尤其是在食欲不振的三伏天，不由得令人多

▲李花沙拉。

扒一碗白飯！

據說用李子來煮豬蹄，滋味亦甚美，便參考李梅仙食譜，準備做來嘗嘗。今晨起來，只覺暑熱逼人，食欲不振，看到還有剩餘的李子，便選了十四個最甜熟的，洗淨備用。然後燒一大鍋熱水，將豬蹄燙去血水瀝乾，先澆一些生抽（淡醬油）上色。再起油鍋，將蔥、薑爆香，再放進豬蹄用油煸過，再加入適量的紹興酒、冰糖、生抽、老抽、李子，最後倒入清水蓋過豬蹄，以中火煮一小時即成。一嘗之下，只覺消油解膩，而且酸甜味美，十分開胃，不愧為名家食譜。

李味酸甜，可生吃或製成果醬。李子汁可以釀成李子酒；蒸餾過後可製成聞名東歐的梅子白蘭地——Slivovitz。脫水後的李子甘甜且多汁，具有很高食用纖維含量，所以李子汁經常被用來幫助消化。李子還含有多種抗氧化物，能夠延緩衰老。近年來美國的李子製造商開始將他們的產品標註為「Dried Plums」，因為「Prune」（烏梅）這個詞語經常出現在改善便秘的文章內，被認為有負面含義而令人倒胃口，不如改稱「李子乾」來得令人食指大動。

杏花與杏

我沉迷於「小樓一夜聽春雨，深巷明朝賣杏花」的詩境，總會在後院種一株杏樹。杏樹在地中海型氣候的加州長得茂密高壯，結實纍纍。

記得我二十年前在加州的莫干山小鎮（Morgan Hill）買第一棟房子時，馬上在後院種了一株一公尺高的小杏樹，結果它生長極為迅速，一年後就長成五公尺高，兩年後變成十公尺高，枝葉茂密，亭亭如蓋，遮住了加州夏日的驕陽，為我家後院帶來不少清涼。

加州冬雨夏乾，杏樹在加州通常在二月就開了滿樹淺粉的花朵，在濛濛春雨中，頗令人有「杏花春雨江南」的詩情畫意。最棒的是杏花謝後就結了滿樹青杏，所謂的「枝退殘紅青杏小，綠水人家繞」，這些青杏六月成熟，

▲杏花枝頭春意鬧。

色澤金黃泛紅，其甜如蜜，密密麻麻一樹有幾百顆，多得吃不完。我除了分送親友外，也常拿來做杏子果醬、杏汁扒鴨腿等名菜。

杏原產中國。遠在四千多年前，《夏小正》中有「正月，梅、杏、桃則華……四月，囿有見杏。」的記載；《山海經》中也有「靈山之下，其木多杏」的記載，這充分說明中國人對杏的栽培歷史已相當久遠。大約在公元前二世紀，中國的杏樹傳到了伊朗，以後又陸續傳到了其他國家。

在杏樹原產地的中國，杏花通常到陽春三月才開放。斯時春光明媚，盛開的杏花淡紅光潔，給人浪漫的懷想。杏是薔薇科李屬的落葉小喬木，每年春天在生葉前，先綻出淡紅的花朵，花型與桃花、梅花相仿，含苞待放時為粉紅色，開花後顏色逐漸變淡，等花落時，花色就變成純白色了。宋代詩人楊萬里的〈杏花〉詩云：

道白非真白，言紅不若紅。
請君紅白外，別眼看天工。

讚美了杏花色澤的美麗。

據說在中國古代，杏花除了粉紅色的外，也有五色的品種。根據《西京雜記》的記載：「東海都尉于台，獻杏一株，花雜五色，六出，云仙人所食。」《述異記》中也有杏花五色的記載：「天台山有五色杏花，六瓣，叫仙人杏……不能食。」此外，相傳古代還有黃色的杏花。但現在不管是五色或黃色的杏花，都已不多見，大概是已經失傳絕種了。

經過長時間的栽培、雜交，中國的食用杏已達一千五百多種。比較著名的品種有甘肅蘭州的大接杏、金媽媽杏；陝西的白沙杏、大梅杏；山西的砂金紅；山東的小麥黃、將軍杏、栗子杏、海中紅等，特別是山東濟南一帶的金杏，陝西三原的曹杏，新疆的包仁杏，和河南的巴旦杏等，都是杏中的優良品種。李時珍的《本草綱目》，對杏的品種也有記述：「甘而有沙者為沙杏；黃而帶酢者為梅杏；青而帶黃者為柰杏；其金杏大如梨，黃如橘。」

由於杏、梅的葉、花、果極為相似，人們總是梅、杏並提。然而，它們的習性並不相同：杏喜歡寒冷、乾燥，所以多在北方種植；梅卻喜歡溫潤、暖和的天氣，所以多在南方種植。杏樹的生命力很強，耐旱抗寒，抗鹽鹼，不論是山崗、平原、河谷都可以播種，也可以嫁接繁殖。

杏，自古以來就和人的健康聯繫在一起。據民間傳說，後漢名醫董奉治病不要錢，只要求他治癒的病人為他栽五株杏樹。幾年後，杏樹已累積到達十萬餘株，鬱然成林。當杏果成熟的季節，董奉將賣杏得來的錢用來救濟老弱病殘、無法獨立生活的人。人們非常感謝他，送給他一塊「杏林春暖」的匾額。流傳至今，人們還常用「杏林」兩個字，來代表中國醫學的榮譽，和治病濟貧的傳統美德。

此外，中國民間還有「虎守杏林」這樣的條幅。根據民間傳說：有一天，一隻大虎張著血紅的大口，來到名醫董奉的藥店門前，眾人皆驚，而老虎並沒有傷人之意，只是張著嘴要求救牠。董奉隔門縫細看後，看見虎口中卡著一根骨頭。他就冒著生命危險，從虎口中把骨頭取出。老虎得救了，為了報答董奉的救命之恩，便自願為董奉看守杏林。

杏的成熟時間遲於櫻桃，早於桃李，中國民間素有「麥收時節紅杏來」的俗語。此時正值水果的淡季，所以備受人們的喜愛。杏的營養豐富，含有糖、蛋白質、果酸，和鈣、磷、鐵等維生素。除了鮮食外，還可以加工成杏乾、杏醬、杏果、杏罐頭等。

我因此創製了一道加州風味的法國菜：杏汁扒鴨腿。材料是杏仁甜酒（Disaronno）一杯，甜杏四顆、鴨腿兩隻，奶油、黑椒、鹽適量。做法：

甜杏去核切小塊，與杏仁甜酒、黑椒、鹽調成醬汁備用。將鴨腿表面略切幾刀，使其容易入味煎熟，再浸在甜杏醬汁中醃泡過夜，以去鴨腥。

次日，將醃好的鴨腿取出，以紙巾擦乾，在鴨皮上略撒些椒鹽。以奶油熱鍋，大火燒熱後放入鴨腿，轉成中火，兩面各煎五分鐘，即可盛起裝盤。另鍋將甜杏醬汁燒沸，調入適量的奶油，起鍋前再倒入一些杏仁甜酒，芳馨倍增。最後將甜杏醬汁灑在煎好的鴨腿上，飾以茴香葉，即可供食。鴨肉香嫩無腥，醬汁香甜，是一道高貴的春令佳肴。

▲杏果滿枝頭。

紫藤飄香的季節

每年一到立春，我家的紫藤花就開了，把前院點綴得淡綠淺紫，雅美無匹。加州矽谷很適合栽植紫藤花，我先把一株紫藤樹種在日曬充足之處，三月起，只見藤花滿樹，一串串在春風中搖曳低垂，美如瓔珞，可以一直賞到五月。那些花串多得把紫藤樹壓得不勝負荷，我只好請園丁搭一個木架子，把它架起來，並在對角處再多種了一株紫藤樹。紫藤生長極快，看來不久後它們就會長得繁茂威蕤，藤花滿架。

紫藤花原產於中國、日本，原來野生於高山之上，因雅麗可食而被引入山下庭園之中。我在日本住過三年，有一年在四月初遊日本的富士山，只見滿山野生著數不清的紫藤花，有的長得有幾丈高，密密麻麻地爬在大樹上，垂下千千萬萬的花串，郁郁菲菲，狀觀如紫色花海，不僅美得懾人，並給人無限浪漫的想像。怪不得李白的詩說：

紫藤掛雲木，花蔓宜陽春；
密葉隱歌鳥，香風留美人。

紫藤花是溫帶植物，因此在亞熱帶的台灣總長得有點憔悴。台北雖有一個專供文藝界人士雅聚的「紫藤廬」，但藤花總是開得稀稀疏疏，藤葉也有點萎黃，未免美中不足。我因此在加州矽谷的家中種了紫藤，並創立了一個「紫藤書友會」，不時邀些文友在家中談文論藝，更是幽趣盎然。中國目前種植最多的省分，是河北、河南、山東、山西、江蘇、浙江諸省。中國人一向熱愛紫藤花，除了詩仙李白外，還有許多的文人雅士，曾將歌詠於文字之中，或描繪於丹青之下，是一種很能代表讀書人高雅氣節的花卉。

紫藤花很早就見於《山海經》、《爾雅》，而專寫花木的古籍《花經》也曾說過：「紫藤緣木而上，條蔓糾結，與樹連理，瞻彼屈曲蜿蜒之狀，有若蛟龍出沒於波濤間；仲春著花，披垂搖曳，宛如瓔珞坐臥其下，渾可忘世。」可見紫藤的原生品種是開紫花的，但後世經過改良後，才又出現了一些新的品種，色香各有千秋。如銀藤，開雪白色的花朵，香氣特別濃烈，在加州矽谷也可以看到。還有「多花紫藤」，花多而小，花冠淡青色；甚至還有「紅玉藤」，花大而色澤桃紅，但這兩種我都從未見過。

紫藤花是可食的，紫藤花有迷人的香味，而且花蕊中藏有大量的花蜜，盛開時蜜蜂飛舞，嗡嗡不絕，即使做成菜肴、糕餅仍依稀可聞。中國明代定王朱橚所著的《救荒本草》一書中，曾將紫藤花稱為「藤花菜」，說它可作為乾旱時的救命恩物。其實吃紫藤花豈止可以救荒，而簡直是一種難得的人生享受！如今中國民間仍有採食紫藤花的習慣。紫藤花可清炒，可沾麵糊油炸，可做成精緻的甜點，都是甘芬沁人的風雅珍饈。

最近我還發現紫藤花最美味的吃法，其實就是生吃！我今晨採下一朵帶露的紫藤花，一時忍不住放入口中，只覺滿嘴芬芳，細嚼後又有絲絲的甜味，粉嫩的花瓣毫無餘渣，入口即化。我一時興起，又採了幾朵紫藤花，拌入酸奶中當早餐食用，花香伴著奶香，又是另一種風味。此外，紫藤花加油鹽清炒，可當蔬菜食用。紫藤花加麵粉、白糖蒸熟，便是一道家常的甜點。

我還研發出一種簡易的西式吃法：紫藤松子可麗餅。材料是紫藤花四

▲香氣迷人的紫藤花。
▶自製藤蘿餅。

紫藤是一種風雅的美食。

串，中筋麵粉半杯，雞蛋一個，牛奶四分之一杯，水四分之一杯，鹽八分之一茶匙，奶油一大湯匙。將採下將開未開的紫藤花，摘去蕊絡，僅留花瓣，用水洗淨。把鹽、白糖、松子、紫藤花瓣拌勻，醃漬過夜，使其入味。中筋麵粉加上適量的水、鹽拌勻，加入牛奶，再打入雞蛋一個，慢慢攪勻。在平底鍋中放入奶油一大湯匙，大火融化後，倒入雞蛋麵粉混合液，改成中火，攤成圓型薄餅。薄餅煎至八分熟時，再將藤蘿花餡放在正中，將薄餅兩邊捲起，翻面放在盤中即成，這就是一道可口的春日下午點心！

紫藤花最精緻的吃法，是做成藤蘿餅。原籍北京的美食家唐魯孫先生，曾提到他的老家有一株樹齡逾百的紫藤花，春天時藤花滿樹，他的母親總將帶露的花朵摘下，製成藤蘿餅大快朵頤，多年來令我心儀不已。北京人喜歡用紫藤花做糕餅，藤蘿餅是北京獨有的甜點，以新鮮紫藤花為內餡，做成一個個的小酥餅，吃來香酥味美。但如今北京市面上已不多見了，我去過好幾次北京都沒見到過，大概是會做的人不多，紫藤花又有季節性的關係。

我自從少年時代讀過唐魯孫的文章寫他家自製的藤蘿餅後，一直念念不忘。四十年後的今天，我終於在家裡擁有一架盛開的紫藤，並改良試做他筆下的藤蘿餅。我五年前一搬入新居，就在前院種了一株紫藤樹，果然次年春暖花開時，開了滿樹藤花，我一邊賞花，一邊製餅，其樂無窮。唐魯孫所提供的家傳藤蘿餅食譜十分簡略，而且把酥餅改為清蒸，食材中含有大量的豬油丁，因此蒸出來的餅皮據說是雪白的。經過我一再地揣摩試做，為了健康捨棄豬油丁，改用素油，因此蒸出來的藤蘿餅麵皮微黃，而且形狀有些不規則，還在改良中。但吃來麵皮柔軟，花香雋永，松子酥脆，柔馥迷人，滋味也不差，值得為文以記。

清蒸藤蘿餅的材料是：紫藤花四串，中筋麵粉一杯，水、發粉、鹽、素油、松子、白糖、鹽各適量。將採下將開未開的紫藤花，摘去蕊絡，僅留花瓣，用水洗淨。中筋麵粉加上適量的水、發粉、鹽，發酵過夜，擀成圓形薄片。然後把鹽、白糖、松子、紫藤花瓣拌勻，醃漬過夜，使其入味。最後在麵片上抹一層素油，鋪一層藤蘿花餡後，加一層麵皮，可以做成兩層或三層，再疊起來蒸，可以蒸成四個藤蘿餅。蒸熟後將藤蘿餅上放在盤中，綴以紫藤花、松子，趁熱即食。

日本人是最重視生活情趣的民族，當然不會錯過紫藤花的美味，但他們的吃法又和中國人不同。他們喜歡將初開的紫藤花，以糖、醋略漬生食，當開胃小菜，既保存紫藤花的柔嫩芳香，也留住它美麗的色澤。我還學著他們，摘下我花園中的紫藤花、三色堇、蒲公英、油菜花，一起裹著薄薄的麵糊，炸成日本風味的「春野花天婦羅」，色澤雅美，香脆可人，充滿春天原野的氣息。

總之，紫藤花不但雅麗可賞，而且香美可食，宜甜宜鹹，宜濃宜淡，是最值得珍愛的花卉之一。但餐桌上的紫藤花宜素不宜葷，宜簡不宜繁。魚肉的葷腥之氣，反會干擾它的麗質天生與甜美的幽雅香氣，這是我品味紫藤花的小小心得，與大眾分享！

含笑花開

含笑花是常綠灌木或小喬木，也是我從小就鍾情的花朵。含笑花在台灣很常見，美國卻很稀罕。我前年意外地在加州矽谷的苗圃中，邂逅一株修長的含笑花，花苞纍纍，植株已有五英呎高，有一些花苞已經開展，露出六片乳白的花瓣，像是含笑的少女，並散發著獨特而濃烈的香蕉味香氣，因此在美國也被稱為「香蕉木」（Banana Shrub）。

我毫不猶豫地買了那株罕見的含笑花，依苗圃的指示把它種在前院陽光充足處，當成我家的迎賓樹，從書房窗前就可望見。它每年三月開花，可連續開好幾個月，為我家帶來香氣和喜氣。但到了乾旱的夏季，我發現它的葉片都被加州的豔陽曬得半焦，並開始掉落，整株樹看起來奄奄一息，我便把

美國含笑花。

它移植到側院的半陰潮濕之處。果然，次年三月它又結出滿樹的花苞，而且長出翠綠的葉片，看起來生機盎然。原來含笑花喜光又不能曬太多太陽，而且喜歡濕潤的天候，在乾旱的加州並不容易種植。

這株美國含笑花的形貌，長得又跟台灣含笑花有些不同。美國含笑花的枝葉較稀疏，花朵較大，香氣比較清淡，是一種小喬木，而且它的花瓣有六片。台灣含笑花是灌木，花瓣只有五片。我查了資料，才知道含笑花的品種其實很多，不但花瓣數目不同，而且花色從乳白色、乳黃色到紫色不等。開花盛期在春季，屆時幼芽、嫩枝、葉柄及花苞，都會均勻地密生著黃褐色的絨毛。含笑花的葉片是深綠色，有光澤，互生，長橢圓形而先端較尖，光豔照人。

不過台灣含笑花的香氣雖然濃郁，但瓣片肥厚，而且滋味苦澀，一般只能用來薰製香茶。美國含笑花的花瓣薄嫩，而且放入口中咀嚼，會不停地散發出悅人的清香，絲毫沒有苦澀之味，想必是可以入饌的！但拿來做些什麼菜好呢？我遍尋名家食譜，毫無所獲。

我有一天做涼拌海蜇絲時，靈機一動，摘了幾朵我家的含笑花，將花瓣摘下同拌，滋味意外的好，含笑花的清香剛好中和了海蜇的腥氣，令人覺得風雅。做法很簡單：先將含笑花瓣剝下洗淨；將海蜇絲洗淨，再用清水漂洗片刻，以洗去多餘的鹽分，在熱水中略燙，撈起瀝乾待用。最後將海蜇絲加鹽、胡椒粉、麻油拌勻，再撒下含笑花瓣、黑芝麻增味添香，就可以慢慢享用了！

含笑花原產中國，是一種備受文人雅士歌詠的花朵。宋人李綱在他的《含笑花賦》中就描述道：

南方花木之美者，莫若含笑，綠葉素容，其香郁然，是花也，方蒙恩而入幸，價重一時，故感而為之賦……默凝情而不語兮，獨含笑於春空，其笑伊何粲兮巧倩……國香無敵，秀色可餐……苞溫潤以如玉，吐芬芳其若蘭，俯者如羞，仰者如喜，嚮日嫣然，臨風莞爾。

他說中國南方最美的花木，莫過於含笑花。葉綠花白，香氣濃郁，像美人一樣的含笑不語，獨對春日晴空，可謂國色天香。看來他就跟我一樣，對含笑花情有獨鍾！

台灣的含笑花，據說是在明朝鄭成功時期（一六六一—一六八三），隨軍隊移師台灣而引進的。在乾隆二十八年（一七六三）時，詩人朱仕玠（一七一二—一七六四）到台灣鳳山縣任職一年，他閒暇時記錄台灣的風土民情，寫成《小琉球漫誌》十卷，其中《瀛海漁唱》裡有首含笑花的詩作，以花喻己，抒發鬱鬱思鄉之情：

西望家山倍枉然，怪風盲雨度殘年；
花名含笑知何意，解藥相思亦可憐。

含笑花在台灣多不結果。鮮花可供做髮飾、包種茶香料。含笑花香氣清幽雋永，最適合製作高級青茶，據說其外形條索緊細勻整，色澤翠綠油潤，香氣清純雋永，滋味鮮爽回甘，湯色黃綠清澈，葉底嫩黃柔軟。真希望我哪一天可以喝到！

餐桌上的芍藥花

我一向對芍藥花情有獨鍾，總要在家裡種上幾株。我五年前搬入新居後，一口氣去苗圃裡買了六株芍藥，種在中庭的橄欖樹旁，因為那裡的陽光最充足。那六株芍藥花有粉紅、紫紅、粉白諸色，次年著花甚少，有幾株只開個一兩朵，有幾株甚至不開花。

美國加州的芍藥花，通常在五月上旬就綻蕾而出了。到了五月中旬，就已芳菲滿園，蜂舞蝶鬧。看那芍藥花前一晚還含苞待放，第二天一大早花蕾就已綻開，開個兩三天就謝了。就因芍藥花容易凋謝，賞花期只有一個禮拜左右，要能欣賞芍藥花的芳容，甚至把它做成可口的美食，動作要勤快，能把時間掌握得恰到好處。

經過兩年的環境適應，我家的芍藥花三年前終於盛開，每株至少結了五、六個花苞。可惜芍藥花盛開前我出了一趟遠門，五月中旬返家時，那些芍藥花大多已經凋謝，只有兩株種在陰涼處的還含苞待放。花開時我如獲至寶地將它們採下，準備來製作幾道可口的花肴。

芍藥花除了美麗外，還可以入饌。芍藥花瓣質地粉嫩，並帶著一絲甜味，氣味芳香。據說慈禧太后喜歡吃鮮花菜肴，在前清宮廷女官德齡郡主所著的《御香縹緲錄》中，曾記載著慈禧太后如何吃芍藥花：先將新鮮的花瓣浸在拌好的雞蛋麵糊裡，分甜、鹹兩種調味，甜的放白糖，鹹的加高湯，然後沾上麵糊，一片片放到油鍋裡炸熟食用，據說滋味甚美，就先試做這一道！

我昨天試做了這道慈禧太后愛吃的「酥炸芍藥花」，做成鹹味的，味道真的蠻可口，是一道高雅的開胃小菜。我用天婦羅粉對上適量的高湯，做成麵糊，再將鮮嫩的芍藥花瓣薄薄地沾上一層麵糊，將油燒沸，再以中火略炸，就撈起瀝乾。迫不及待地嘗了一口，那滋味外酥裡嫩，微甜微香，讓人很難忘記。

今天下午我趁著另一朵芍藥花還鮮嫩，又做了一道芍藥豆腐湯。材料是新鮮芍藥花一朵、豆腐、銀耳、高湯、鹽、芫荽、香油各適量。我先將芍藥花洗淨，取下花瓣。豆腐切成小塊，銀耳浸軟摘成小塊。然後將豆腐、銀耳加高湯煮沸，加鹽調味後，放入芍藥花瓣、芫荽略煮，淋上香油，就是一盅清淡香美的好湯了。我發現芍藥花瓣燙熟後，顏色會變淡，而且有點透明，真是有趣得很。

最後一朵芍藥花，我做了一鍋芍藥花糯米粥。食材是新鮮芍藥花一朵、糯米一杯、白糖適量、清水五杯。只要將糯米、清水先煮成稀飯，起鍋前再調入適量白糖，撒下芍藥花瓣，略為攪拌，即成。盛在小碗中後，只見雪白晶瑩的糯米粥上襯著粉紅柔嫩的芍藥花瓣，在視覺上就有動人美感。

此外，芍藥花根的藥用價值很高，也可做成可口的藥膳。據說中國古代有一種藥膳，「八寶雞湯」，芍藥花根就是「八寶」之一。做法是：將芍藥花根五克、黨蔘五克、茯苓五克、炒白朮五克、炙甘草二點五克、熟地七點五克、當歸七點五克、川芎三克、母雞一隻、豬肉七十五克、豬雜骨七十五克，加上適量的蔥、薑、料酒、食鹽。將以上「八寶」用布包好，母雞去毛，將內臟洗淨，豬雜骨捶破，將雞肉、豬肉、豬雜骨、藥袋裝入鍋內，加食鹽適量即成。這道藥膳營養豐富，據說可以治療食欲不振，四肢無力。

芍藥在中國有三千年的栽培歷史。在最古老的文學作品《詩經》中就有

▲我家盛開的芍藥花。

記載。到了宋代，中國芍藥已有三十一個品種，以揚州栽培最盛，與洛陽牡丹齊名。而明人王象晉在他的《群芳譜》中所記載的芍藥已有三十九種，到清朝時揚州芍藥更擴充為一百多種。如今品種更加繁多，品名也十分雅致，主要產區除了揚州外，還有山東荷澤。

中國古典名著《紅樓夢》中有一段描寫「史湘雲醉臥芍藥裀」的文字，十分動人：

果見湘雲臥於山石僻處一個石凳子上，業經香夢沉酣，四面芍藥花飛了一身，滿頭臉衣襟上皆是紅香散亂。手中的扇子在地下，也半被落花埋了，一群蜜蜂鬧嚷嚷的圍著。又用鮫帕包了一包芍藥花瓣枕著，眾人看了，又是愛，又是笑，忙上來退喚攙扶……

但中國芍藥特殊的文學意象，並未東渡到美國。芍藥對他們而言，充其量只是種美麗的花卉而已，並不具有文學上的意義，他們也不知道芍藥花瓣是味美可食的。他們純粹把芍藥花當成一種觀賞性的花卉，而且種植的人並不多，真是可惜得很。今年五月初，我家的幾株芍藥花又盛開了，我早也看，晚也看，真是百看不厭，準備純粹觀賞，而不打算拿來食用了。或許泡一杯茶來試喝看看？

據說芍藥花還可以泡茶，泡出的茶色澤金黃，味道清香。我今晨摘了一朵粉紅的芍藥花，一片片地摘下花瓣，裝在一個漂亮的茶杯裡，以攝氏八十度的熱水沖泡十分鐘，淡黃的茶湯氣味清芬，不苦也不澀。加入一些蜂蜜冰鎮飲用，滋味更好。中醫說赤芍可以鎮痛、安神、涼血、消腫，我只想在慢飲享受中，細品它的風雅之味。

玉簪花

每當春天來臨時，我那幾株種在陰濕後院的玉簪花，就開始長出新芽，莖葉柔碧，楚楚動人。夏天時，碧綠的葉叢中抽生出一串串的白色花蕾，就像乳白的玉簪聚插在枝頭一般，賞之不盡，觀之不足。玉簪花的葉兒特別寬大碧綠，有的還夾雜著金黃或雪白的條紋。花朵則潔白無瑕，花蕾猶如髮簪，花開時形似喇叭，令人憐愛不已。

玉簪白天花兒初綻，夜間才會完全開放。花開時露出六枚鮮嫩的黃色雄蕊，與一枚纖細潔白的雌蕊柱頭，清香襲人。就像某一首詩所讚美的：「臨風玉一簪，含情待何人，合情不自展，未展情更真」。把玉簪花的姿色描寫得含情脈脈，有如清秀佳人。

玉簪花是北溫帶植物，原產中國和日本，根部粗壯，並有藥用價值。花梗細長優雅，能開出十幾朵清香襲人的小花，花姿極為美麗。花色有紫白兩種，白的玉簪花雅潔嬌瑩，冰姿娟娟，開放時黃蕊微為吐現，有淡淡的清香，可以維持一個星期不凋。紫色的玉簪花，花苗較小，生長較慢，花雖豔麗，卻無香味。玉簪花還可以食用，但以白玉簪花為主。

台灣地處亞熱帶，但只要管理得當，也可以種出美麗的玉簪花。秘訣是要遮蔭，及使用排水良好的土壤就可以輕鬆栽培。玉簪花的葉片色彩變化極大，一般粗略分為綠葉、藍葉、黃葉、黃金葉、斑葉品種。我最喜愛斑葉品種。玉簪花冬天休眠，四月長出新芽，五月開花，花期自初夏一直到秋天，施肥上適合薄肥、勤施。

傳說漢武帝曾為其寵妃李夫人取玉簪搔頭，宮人們爭相仿效。玉簪花因形酷似古代婦女頭上所戴的白玉簪，因而得名。另有一個傳說，說仙女們在王母娘娘的瑤池聚會，酒醉後雲髮散落，玉簪墜落人間，化作了江南名花玉簪，給玉簪的來歷蒙上了一層神祕的色彩。宋代詞人黃庭堅因而做了一首詩，詩云：「宴罷瑤池阿母家，嫩瓊飛上紫雲車。玉簪墜地無人拾，化作江南第一花。」

玉簪花的鮮花可食，也可提取芳香油，滋味細柔清香。唐魯孫有一篇文章〈飄在餐桌上的花香〉，提到他在江南吃過一道美食——酥炸玉簪花，看了令人垂涎欲滴：

把玉簪花剖開洗淨去蕊，麵粉稀釋攪入去皮碎核桃仁，玉簪花在麵漿裡一蘸，放進油鍋裡炸成金黃色。另外把豆腐渣用大火滾油翻炒，呈鬆狀加入火腿屑起鍋，跟炸好的玉簪花同吃。這道菜不能加鹽，完全利用火腿屑的鮮鹹，才能襯托出玉簪花新芽的香柔味永。

唐魯孫並未附上食譜，但我忍不住在家裡揣磨試做了這道「酥炸玉簪花」，並做了一些改良，果然滋味不俗，風雅雋永。新鮮豆腐渣不容易買到，我特地驅車跑了幾家華人超市，才在矽谷一家專賣豆腐素食的小店買到。豆腐渣是榨完豆漿的剩餘物質，那家店的豆腐渣每包有四磅重，價格不到五美金。我自己開車將豆腐渣扛回家，再分成每磅一包備用。

我又去農夫市場買來新鮮核桃仁，先將核桃仁烤熟碾成細末後，和入麵粉、清水中攪勻，再將每朵小玉簪花均勻地裹上麵漿，放到油鍋內，用中火

▲迎風搖曳的玉簪花。

油炸成金黃，再撈起瀝乾，放在一個漂亮的瓷盤中央。接著我將暗紅的金華火腿用熱水燙過，切成細末，在油鍋中煸炒，再加入豆腐渣，以中火慢慢混炒到乾鬆為止，讓火腿的香味均勻地滲入豆腐渣中，並加碧綠的蔥花增色。最後我將炒好的豆腐渣，圍在炸黃的玉簪花四周，頂上放一朵雪白的玉簪花裝飾，四周再點綴幾個紅色小番茄。

我覺得這道「酥炸玉簪花」，是一道健康養生，開胃可口的夏日小食。因為麵漿裡加了去皮的碎核桃仁，麵衣更加酥脆甘美，並襯出玉簪花的柔嫩可口。玉簪花的香氣很清淡，花瓣細膩嫩無渣，是很優秀的食材。豆腐渣物美價廉，營養豐富，更值得多多利用。豆腐渣用金華火腿炒過後，鮮鹹甘潤，很是下飯。玉簪花只在春夏之際開放，更顯得這道菜珍稀難求。

據說玉簪花全株可入藥。中醫認為玉簪花性味甘涼，具有消腫利尿，清熱解毒的功效，內服可治療咽喉腫痛，小便不利，痛經；外敷可治療燒傷。然而，玉簪花的葉子有毒，可入藥外敷，忌內服，可治蛇咬螫傷、癬疾，讀者不可不知。

玉簪根尤其神奇，除了破血消腫，排膿散風外，居然還有拔牙的功效。《本草正義》的作者張壽頤，就曾經實驗過李時珍的《本草綱目》，證明玉簪根的確可以拔牙。他說：

玉簪根……下骨鯁，除癰腫，取齒牙，頗與急性子約略相近。採鮮根搗自然汁，曬乾作小丸，治牙痛欲落者，以一丸嵌痛處，聽其自化。一丸不落，再嵌二三次，無不自落，而無痛苦，確驗。又吾鄉有齒痛甚劇者，聞人言玉簪根汁點牙自落，乃搗汁漱口，不一月而全口之齒無一存者，此是實事，可證此物透骨之猛，且其人年僅三十餘也。

看來有了玉簪根，所有的牙醫都要失業了！

草莓與忍冬的交響曲

夏日炎炎降臨，又是吃草莓忍冬沙拉的季節了。北加州今年的春天特別長，到了六月底仍然很涼爽，加上日照充足，草莓長得非常好，結實纍纍，我每天早上起來都可以到後院採上一碟。鮮吃之外，我把吃不完的草莓用來做果醬，拌著原味酸奶食用，就是一頓健康營養的美味早餐。

我幾年前剛遷入新居，就迫不及待地在我後園裡種了十幾株草莓，有大、小兩個特殊培植的新品種。後園陽光充足，長得意外的好。草莓是多年生草，經冬不死，春夏時綠意盎然，生氣蓬勃。秋天時葉片會轉成橙紅色，充滿了秋意。葉片枯萎後進入冬眠期，等待著驚蟄。

每逢春神降臨，草莓又會長出嫩綠的新葉，開出雪白的小花，四月時就

▲點綴我家陽台的日本忍冬。
◀自種自摘的有機草莓。

開始結出鮮紅的莓果[1]。小型莓果像小紅寶石，在陽光下閃閃發亮，滋味最為甜美，而且大多躲藏在密密的葉叢裡，蝸牛看不到。大型莓果可就像巨型紅寶了，讓人看了眼睛發亮；而且植株高，所結的莓果離地有十公分高，蝸牛吃不到，因此收穫量高達百分之八十，令一些自家草莓被螞蟻或蝸牛吃光光的文友很是羨慕。

我的有機草莓的滋味真是好得令人難以形容。那是一種截然不同於超市草莓的香氣，濃烈得令人愛戀癡狂，難解難分。我有時早上起得稍晚，就看到有些成熟貼地的莓果不幸已遭蟲吻，缺了一角，真如白璧之玷，令我搥胸頓足。但我仍堅持有機栽培草莓，絕不願噴灑農藥。對超市草莓過敏的老公，吃了我的有機草莓居然平安無事，他好興奮在與草莓睽違三十年後，又能再重溫舊夢！

我也喜歡忍冬花的香氣和姿態，在廚房後門陽台的欄杆上種了一株日本忍冬，剛好可用來做「草莓忍冬沙拉」。忍冬花的英文名為Honeysucke，因為花朵不但清香，而且富含蜜汁，甜美可食，剛好中和了草莓的酸味，並

1 因氣候差異，台灣的草莓產季落在冬季的十二月到二月之間。

在餐桌上帶來了花香。

中國忍冬花又名「金銀花」，花朵時常一黃一白的對生，耐寒又喜歡涼爽的天候，因此又名忍冬。但我家那株日本忍冬的顏色卻是橙紅、紫紅的，顏色看起來更加鮮豔，可就不適合稱為金銀花了。日本忍冬的香氣比中國忍冬稍淡，但甜意更濃，像是蜂蜜的氣息。

中國忍冬的老家在黃河流域，有一首古代民歌還用金銀花來比喻如膠似漆的情侶，語意通俗，卻洋溢著可大可久的人間氣息：

> 天地氤氳夏日長，金銀二寶結鴛鴦；
> 山盟不與風霜改，處處同心歲歲香。

歌中說在長長的夏日裡金銀花盛開了，一金一銀的兩朵花開在一起，有如戀人般的相偎相依，並像他們的盟誓般經得起風霜的考驗，永遠吐露著芬芳。它們也像鴛鴦般形影不離，所以又被稱為「鴛鴦花」。

日本忍冬，又名貫葉忍冬、串葉忍冬，原產中國和日本。常綠藤本類，半常綠性，花桔紅色至深紅色，可以從晚春陸續開放到深秋，花期比中國忍冬長，會結紅色的漿果。日本忍冬喜歡溫暖和陽光充足的環境，耐寒性強，耐蔭，也耐乾旱和水濕，對土壤要求不嚴，在深厚肥沃的沙壤土中生長旺盛。

我為什麼不種中國忍冬，而改種日本忍冬，是因為日本忍冬花朵很甜，可以入饌；中國忍冬花朵甜味較淡，只能拿來泡茶。經過兩年的環境適應，我的日本忍冬終於長得藤蔓纏綿，枝繁葉茂地纏繞在欄杆上，開出許多花來。那些飽含蜜汁的甜美花朵，引來了蜜蜂和蜂鳥，使得後門陽台生氣盎然。

因此，我忍不住發明了一道可口的夏日沙拉：草莓忍冬沙拉。材料是草莓、臍橙、椰絲、日本忍冬花各半杯，做法很簡單；只要將草莓，加州臍橙洗淨，切塊瀝乾。再將日本忍冬花洗淨，去除花蕊，洗淨瀝乾。最後倒入椰絲、日本忍冬花拌勻，即可食用。

忍冬花的外型雖不美豔，卻很容易引起人們對愛情的想像。在西洋的花語中，它還象徵著「獻身之愛」，只求付出，不計回報。因為它的花不但香氣怡人，還含有大量的花蜜，常引來一群群的狂蜂浪蝶爭相吸採，連小孩也來湊熱鬧，怪不得英國人稱之為「吸蜜花」（Honeysuckle）。那花蜜甜甜的，帶著醉人的幽香，令人不忍須臾或離。

玫瑰的饗宴

春天到了，又是玫瑰花開的季節。我在前院種了一大排濃紫的薰衣草，和一株橙紅的玫瑰樹，從四月初就同時盛開，可以連續觀賞好幾個月，濃紫、橙紅、碧綠相映，光豔亮麗，好一個燦爛的春天！不但充滿了生命力，還令人精神一振。顯然這兩種植物的生命力超級強悍，連續歷經加州四年的乾旱少雨，仍然郁郁菲菲，生生不息。不但美麗，還可以入饌、泡茶，或製成香水、香精、香油使用，真是世界上最有經濟價值的芳香植物之一。

然而，這一道難得的春日美景其實得來不易，而且所費不貲。加州的地中海型氣候正適合種植玫瑰花，在天時地利人和下，我多年來在一直在自家庭院中種植各式各樣的玫瑰花。地中海型氣候陽光亮麗，冬雨夏乾，利於玫

▲在加州陽光照耀下，每年四月薰衣草盛開，與玫瑰相映成趣。

瑰的生長，很少會長亞熱帶的台灣常見的黴菌。何況玫瑰的品種很多，花期又長，在加州通常可以從四月一直開到十一月，開得又大又美，豔如牡丹。最棒的是玫瑰是多年生植物，冬天枯萎後第二年春天會再復活，發芽生葉，並長出許多花苞來。開花後紅、橙、黃、綠、藍、靛、紫兼備，什麼顏色都有，把我的院子裝點得七彩繽紛，詩意盎然。

而我為什麼要在玫瑰旁邊，種這麼一大排薰衣草呢？那是因為薰衣草有一種特殊強烈的香氣，野鹿不但不敢吃，還可以把牠們嚇跑，薰衣草正是玫瑰花絕佳的搭配！因為玫瑰花苞不但香甜可口，而且根據我的園丁所言，它們還富含性荷爾蒙，對野鹿有類似「偉哥」（Viagra）般的催情功用，利於繁殖後代，是牠們心目中的頂級美食。我的新居在一座小山上，剛搬進時不時有野鹿來訪，通常是攜家帶眷，闔府光臨，在我那塊寬闊的草地上流連不去。本來覺得有趣，後來卻不堪其擾，簡直想把牠們一網成擒，全部殺光光！

為什麼呢？因為這些野鹿只要肚子餓，就亂啃花草，對玫瑰花苞尤其有興趣。以前的屋主喜歡觀賞野鹿在草地上玩耍，乾脆什麼花草也不種，讓牠們自由來去。因此當我剛購下新居時，院子裡雖然有許多綠樹掩映，但少了鮮花點綴，總覺得生活裡少了一點什麼。而根據我的園丁所言，以前這裡本來只有一隻公鹿，由於前屋主的縱容，牠後來居然還找到了一隻母鹿為伴，這對鹿夫鹿妻恩恩愛愛，幾年後生了兩隻小鹿，一躍而變成了一個一家四口的野鹿家庭！

我酷愛蒔花養草，還特別喜歡種玫瑰。為了防止野鹿進出，特地跟老公商量對策。結果是：我們花了不少錢，特別裝了一道大鐵門，然後再做個實驗：在有半天日曬的中庭種了一排十株鮭粉色（Salmon pink）的玫瑰花，伴以薰衣草和雛菊。結果這些玫瑰花長得非常好，不但植株高大，而且花苞特多，開花時也優雅美麗。我們常在中庭徘迴、流連、靜坐，順便晒晒太陽，覺得真是一種生活中莫大的享受！

不久後我興沖沖地又在中庭旁的小斜坡上，加種了一株淺橙色的玫瑰樹，價格相當昂貴，花開滿樹，看起來典雅高貴，還散發出迷人的香氣。可恨的是，有一天我清晨起床，竟然發現一隻公鹿正在啃食那株昂貴的玫瑰樹，不但大部分的美麗玫瑰花已全部全部啃光，連翠綠的枝葉也被啃得亂七八糟，被我當場查獲，怒不可遏，馬上掄起一跟長木棍子追打野鹿，牠們只好在我的院子裡亂竄，最後從我家那三呎高的木籬笆跳了出去，我才知道牠們當初是怎麼進來的！

原來我們特製的大鐵門還是擋不住野鹿，還得另外再花錢加高籬笆才行，因為野鹿可以一躍七呎高。我再跟老公商量了一下，並決定要採取進一步的行動來防堵：換新籬笆，而且加高為七呎。我的隔壁鄰居告訴我，她已經在這裡住了三十年，因為最近想種葡萄和玫瑰花，她在前後院都加上一道八呎高的鐵絲網籬笆，而且發生了莫大的效用。不久後我發現翠綠的葡萄藤爬上了她家的鐵絲網籬笆，她種的十株玫瑰也紛紛盛開了。

於是我們大約又花了兩萬美元，雇了工人斷斷續續的施工了一個月，好不容易將前後院都圍上七呎高的紅木籬笆。但這一切的辛苦代價都是值得的，那些野鹿果然以後不再來騷擾了。我們的玫瑰花和薰衣草越長越旺，在飽餐秀色之餘，我們也飽嘗了它們的美味。

玫瑰的品種很多，有的香，有的不香。有的有濃香，有的卻只是清香。有的花瓣堅硬苦澀，如長莖玫瑰，只適合觀賞而不適合食用。有的玫瑰花瓣卻十分柔軟甜美，不但可以觀賞，而且可以食用，滋味極美。我去專業苗圃買玫瑰花時，總要先聞一聞，看香氣是否濃烈。還要摘下一片花瓣嘗一嘗，看是甜的，還是苦的。我又買到一株橙紅的玫瑰樹，和一株猩紅的玫瑰花，不但都香氣馥郁，花瓣也都甜嫩可食。當下興奮的買回家，一口氣做了四道

▲橙玫瑰

▲紅玫瑰燒豆腐

玫瑰大菜，把一個初夏過得香噴噴的，浪漫又美麗。我是真刀真槍的把玫瑰花瓣跟魚、肉、豆腐同烹共食，下飯充飢。而不只是把它們做成玫瑰果醬，或者泡一壺花草茶，風雅地喝一頓下午茶而已！

參考了一些食譜後，我試做的第一道菜是「玫瑰青椒肉片」。這道菜一定要用猩紅的玫瑰花瓣，才能襯出青椒的碧綠，和洋蔥的雪白。豬肉最好用豬腿肉，吃起來才有咬勁和口感，但買不到豬腿肉的話，也可以用豬里肌肉代替。先將玫瑰花洗淨，撕下花瓣；豬腿肉或里肌肉切片，加蛋白、鹽、糖、太白粉拌勻，醃半小時。然後另起油鍋，用中火將肉片炒到八分熟，快快盛起。另起油鍋，將事先切好的青椒片、洋蔥片放入翻炒，下高湯、鹽、糖、玫瑰花瓣燒沸，以太白粉勾芡，最後再倒入肉片炒勻。這道菜紅、綠、白相映，看起來賞心悅目，而且香辣開胃。

第二道菜是紅玫瑰花炒豬里肌肉絲。這道菜要用有香味的紅玫瑰，先將紅玫瑰花瓣洗淨，切絲備用。然後將豬里肌肉切成細絲，用適量的太白粉、蛋白、鹽、糖醃過，攪拌均勻，醃二十分鐘以上。接著，起油鍋燒到八分熱，再將豬里肌肉絲炒熟，盛起備用。另起油鍋，先放蔥、薑、蒜末爆香，再淋下高湯、紅葡萄酒、鹽、糖、草莓醬、太白粉燒沸。最後再倒入豬里肌肉絲、玫瑰花絲拌勻，即可盛起。這道菜酸甜適口，草莓醬的滋味吊出玫瑰花的香氣，是一道很風雅的夏日小菜。

第三道菜是橙玫瑰花炒木瓜豬里肌肉片。這道菜要用有香味的橙玫瑰花，跟木瓜的顏色很協調。豬里肌肉片也是照樣要用適量的太白粉、蛋白、鹽、糖醃過，才可以用來炒熟。甜甜的木瓜，甜甜的玫瑰花瓣，色澤一樣的橙紅亮麗，襯上鮮嫩的里肌肉，洋溢著濃郁的南國盛夏氣息。

第四道菜是紅玫瑰燒豆腐。這道菜特別適合吃素的人，這道菜配上新鮮金針菇同烹，吃起來極為清鮮可口。起油鍋先爆油豆腐，再下金針菇，以高湯同烹片刻，再撒下紅玫瑰花瓣略拌，即成。裝盤時盤中放一朵紅玫瑰，看起來優雅美豔。

這場豐盛的玫瑰饗宴，讓我覺得生活無比的富足！誰說玫瑰如鋼鐵，要不惜高溫炮烙？誰說玫瑰氣味雖然芳香，花瓣的滋味卻堅硬苦澀？誰說玫瑰的氣味聞起來就是甜的，只適合用來製作果醬？這些迷思都因我不懈的實驗而一一被破解了！

香蕉花沙拉

我從小在台灣屏東縣的鄉下長大，香蕉園是我童年記憶中的一部分。一出郊外，到處都是綠油油的香蕉園，有的香蕉樹結著紫紅的巨型花苞，有的已經開花結果，垂著一串串黃綠的香蕉。有一位園主是爸爸的好朋友，常常送香蕉來給我們吃，我每天吃香蕉吃到怕，老是夢想蘋果的滋味。

物以稀為貴，香蕉在屏東便宜得不像話，運到日本後可就身價百倍，變成一種珍貴的水果了。我在日本住過幾年，我發現在日本的超市裡，香蕉是一根根拆開來賣的，還鄭重其事的包在保鮮膜裡，每根索價兩百日幣。不像在台灣身價微賤，常常成把成斤的販售。過熟的香蕉，有時還遭到被丟棄的命運呢！香蕉是一種熱帶水果，需要潮濕炎熱的天氣才能生長，在北溫帶的

▲香蕉樹開花。

日本無法生存，只能仰賴台灣進口。

移居北美後，我也發現美國大陸並不出產香蕉，蘋果倒是多得很，我吃蘋果吃到怕。我家後院子就有兩株蘋果樹，一紅一綠，每到秋天結實纍纍，我通常只看不吃，把蘋果當成裝飾品，倒是不時懷念台灣「在欉黃」香蕉的滋味。美國的香蕉通常是從中南美洲進口的，為了避免在運輸時碰傷，在青綠時就已採下，再長途迢迢運到美國超市裡販賣。雖然那些未熟的香蕉也會在運輸途中慢慢的黃熟，但吃起來淡而無味，少了那股自然的甜香。

香蕉不但果實香糯甜美，花朵也是健康可食的。在東南亞香蕉花是當地人喜食的蔬菜，常一顆顆的擺在超市裡販賣。我所定居的加州矽谷，因為東南亞裔的移民多，在中東超市也常看到它的身影，跟香茅草、九層塔擺在一起，一目瞭然。

香蕉花可食的部分，是它的苞片。我買回香蕉花後，通常一片片的將苞片剝開，去除苞片之間的白色小花，以免苦澀麻嘴。再將苞片洗淨瀝乾，切片備用。但據說中國雲南的少數民族吃香蕉花可就率性多了，他們乾脆把整顆的香蕉花，像切高麗菜般切片清炒，純粹就吃那股天然的野味。

香蕉花的苞片滋味微酸微鹹，有點像筍乾的味道。可以切片清炒，可以涼拌，也可以和肉絲混炒來吃，滋味無不佳妙。加州矽谷有家著名的「海峽小餐館」（Straits Café），賣的是新加坡菜，餐館大廚 Chris Yao 將香蕉花切絲做成「香蕉花沙拉」（Banana Blossom Salad），沙拉裡添加了雞絲、樹薯條、梨片，以香菜、辣椒、香茅草、魚露、花生末、冬蔥、糖等調味，酸甜適中，清脆爽口，極為美味，是這家名店的招牌菜之一。我把它加以改良，做出了更美味的「中式香蕉花沙拉」。我取消了香茅草、魚露，使它更貼近華人的味覺。

我的菜園中剛好種有羅勒，我也發明了一道「香蕉花羅勒炒雞柳」，香蕉花和羅勒的滋味特別搭調，是一道很適合炎炎夏日的開胃佳餚。我先準備香蕉花半顆、雞胸肉半磅，加上羅勒葉、太白粉、生抽、糖、芝麻油、鹽、糖、沙拉油適量。做法也頗簡易：先將香蕉花的苞片洗淨瀝乾，切片備用。然後將雞胸肉切成條狀，以太白粉、生抽、糖、芝麻油、鹽、糖，醃一小時以上。最後鍋內放油兩匙，中火將油燒熱。將醃好的雞柳，入鍋慢慢翻炒兩分鐘，八分熟時即可盛出。鍋內放一湯匙油，大火將油燒熱，將切好的香蕉花苞片，入鍋爆炒一分鐘，再放入八分熟的雞柳、羅勒葉，共同混炒片刻，將其盛入香蕉花的苞片中供食，看起來天然雅致。

萱草組曲

萱草，原產中國，因它富含各種維生素，食之令人忘憂，因此又名「忘憂草」。萱草有許多品種，除了最常見的黃花萱草外，還有橙紅、大紅的品種，都是可食的。

根據維基百科全書，有一種學名叫 *Hemerocallis citrina* 的黃花萱草，是在台灣最常見的品種，近年來在台東的太麻里山上大量栽植，盛開時一片金黃花海，十分美麗。將這種黃花萱草採下曬乾，便是我們常吃的金針花，可以用來熬金針雞湯、金針排骨湯等靚湯，我從小便愛喝，可惜那時在台灣很少看到盛開的金針花倩影，無從想像它的芳容。

移民美國後，我曾卜居紐約上州，那時常在山野間看到成群的橙花萱草盛開，妝點著碧綠的草原，修長美麗的倩影如詩如畫，就像蘇東坡所說的：

萱草雖微花，孤秀能自拔；
亭亭亂葉中，一一芳心插。

當地人卻讓它們自開自落，很少去採摘顧惜。我也發現它雖美麗卻只有一天的壽命，通常朝開暮謝，因此美國人稱之為「一日百合」（Daylily）。我那時才知道萱草是一種溫帶植物，難怪在亞熱帶的台灣只能生長於高山之上。那時我也常常在想像著：那些橙花萱草，曬乾後是否有台灣金針花的風味？如不曬乾而鮮食，又是何種滋味？

我五年前搬入加州的新家後，為了遍嘗各色萱草的風味，便決定在車道旁種一排萱草，有黃花的，也有橙花、紅花的品種，每年初夏七月盛開，妝點得前院一片芳菲，美不勝收。我先是將那黃花萱草採下曬乾，做了一道黃萱蒸雞腿。做法是買來肥嫩的雞腿，去皮切塊，酌加青蔥、料酒、芝麻油來蒸，滋味香嫩鮮美，但那曬乾的黃萱不知何故，少了一股台灣金針特有的乾鮮之味。

我查了資料，原來是物種不同的緣故。我愛喝熱湯，當然也不免將自曬的黃萱拿來燉雞湯食用。燉好後湯味雖鮮美，也是少了那麼一點台灣金針雞湯的鮮味，我便加了些超市買來的金針菇來調味，果然風味庶乎近之。能夠用自己栽植的萱草來做菜，讓我的心裡充滿了幸福感。

我決定入境隨俗，創製一道西式沙拉，以橙花萱草製作。材料是新鮮橙花萱草四朵、庫爾勒香梨一個、紐西蘭蘋果半顆、洋蔥半顆、甜茴香葉一把、檸檬半顆。我家後院的山坡上有一株高大的檸檬樹，常年結著金黃的檸檬，取之不盡，用之不絕，真是大自然的恩賜。庫爾勒香梨是一種原產新疆庫爾勒的小甜梨，有濃郁的梨香，台灣也可以買到。我喜歡用它來做蔬菜沙拉，因為它甜香脆嫩，而且接觸到空氣時不容易氧化發黑。

萱草花、庫爾勒香梨、紐西蘭蘋果、甜茴香葉都有甜味，只要灑些檸檬汁調味就酸甜可口，而且讓梨絲、蘋果絲保持潔白悅目。做法是先將甜茴香葉洗淨切絲，金針花除去花蕊，剝下花瓣。庫爾勒香梨、紐西蘭蘋果、洋蔥各切成細絲。最後將梨絲、蘋果絲、洋蔥絲，茴香絲、金針花瓣，放在盤中拌成沙拉，半顆檸檬擠汁，灑在沙拉上，即可食用。配著另一道我創製的杏汁扒鴨腿，就是一頓賞心悅目的夏令健康大餐！

我還用橙花萱草製作了一道簡易的素菜：橙萱炒白菜。將橙萱摘去花蕊，用清水泡過，再用手撕成瓣狀。然後將白菜洗淨切塊，青蔥切絲。起油鍋，將蔥絲爆香，下白菜炒至出水，再放入橙花萱草的花瓣，下高湯，略為炒拌即成。外貌翠綠橙紅，十分悅目，滋味爽滑鮮甜，也是炎炎夏日中的一道消暑雅菜。台灣少見橙花萱草，我想這道菜用黃花萱草來代替也是可以的。

中國的古人極有智慧。新鮮的萱草花性寒，含有秋水仙鹼，吃多了令人腹瀉，才將它曬乾食用；鮮吃時一次以十朵為限。中國古人為什麼稱萱草為「忘憂草」，也有著醫學上的根據。萱草中含有豐富的蛋白質、脂肪、磷、紅蘿蔔素、維他命B1、維他命B2等，可以鎮靜安眠，而且副作用甚少。尤其是因肝功能障礙的失眠者，是一種很理想的藥物。萱草並有著健腦的功能，在日本被稱為「健腦菜」，但日本人卻很少食用萱草，純粹當成藥物食用。

此外，根據吳朝的李久華所著《延壽考》所云：萱草「嫩苗為蔬，食之動風，令人昏然如醉，因名忘憂。」似乎摘食萱草的嫩莖，也有同樣的效果。《群芳譜》中也有記載：「春食苗，夏食花。」看樣子萱草的嫩莖、花苞，自古以來便是中國先民的天然美食之一，我在這裡把它發揚光大了。

▲盛開的橙萱。

歷經長達四年的乾旱，加州矽谷大地回春，雨量充沛，陽春四月，我所種的一大片萱草，也紛紛冒出了嫩芽。我簡直等不及它七月花開，因為我聽說用萱草花煮粥，酌加肉絲，滋味甚美，已經迫不及待要做來一嘗了呢！

好一朵美麗的茉莉花

茉莉花是一種很中國的花卉，也是自小陪伴著我長大的迷人花朵。我幼時住在一個閩式的四合院裡，院子裡就有一株百歲高齡的複瓣茉莉花，每天開花上百朵，芳香四溢。小祖母每天清晨對鏡梳頭時，總要派我去採些沾著晨露的茉莉花來插在圓髻上，就像宋代詩人楊巽齋所說的：「誰家浴罷臨妝女，愛把閒花插滿頭。」茉莉花那雪白的小花香氣濃烈，我總忍不住要多摘幾朵放在口袋裡，帶到學校去跟同學們分享，贏得了不少友誼。

「好一朵美麗的茉莉花，好一朵美麗的茉莉花，芬芳美麗滿枝椏，又香又白人人誇」，這首動聽的中國民謠，曾被西洋歌劇《杜蘭朵公主》（*Turandot*）所改用演唱，而聞名於世。此劇由普契尼作曲，故事是北京城裡美麗的杜蘭朵公主向四方公開徵婚，但她卻提出一個殘酷的條件，前來徵婚的王子必須回答她三個謎題。如果三題都答對，她就與他成婚。但若答錯了任何一題，就要被斬首示眾。雖然如此，仍然有許多王子愛慕杜蘭朵公主，願意以生命作為賭注，試試自己的運氣。結果有一位流浪到北京，為她的美麗所迷的韃靼王子卡拉富前來應試，完全答對了三個謎題，並通過了一連串嚴酷的考驗，終於得以和公主成婚。

茉莉花是一種常綠或半常綠的小灌木，葉片橢圓翠綠，光澤照人。花朵潔白光潤，樸實清雅，小巧玲瓏，楚楚動人，如鐫玉琢瓊。花開從夏到秋，天天孕蕾，每當夜幕徐徐降落之時，小小的花朵連綿不斷地盛開，襯着翡翠般的綠葉，姿態玲瓏雅靜。怪不得宋代詩人劉克莊的詩說：「一卉能熏一室香，炎天猶覺玉肌涼。」對茉莉花發出真誠的禮讚。

可是令我驚奇的是：茉莉花並不原產中國，而原產印度、阿拉伯一帶！茉莉花的別名很多，明人楊慎所著的《丹鉛雜錄》叫「柰花」，《中國樹木分類學》稱「木梨花」，明人王象晉所著的《群芳譜》叫「鬘華」，還有扶麗等別名。至於在何時何地傳入中國，明人李時珍的《本草綱目》中也有記載，他說：「茉莉花源出波斯（今伊朗），移植南海，今滇、廣人栽蒔之。」

▲寶珠茉莉。

宋代詩人王十朋說：「茉莉名佳花亦佳，遠從佛國到中華。」可見茉莉花是從伊朗或佛教的發源地印度傳入中國的，至少在宋代就已傳入中國了。

及長，我才知道茉莉花的品種繁多。我美國家中的茉莉花是「寶珠茉莉」的一種，原產阿拉伯。花瓣重重疊疊，枝條細柔，新蕾如珠，花開如荷花，香味濃烈，也是通常用來薰製茉莉花茶的食用花。此外，茉莉花還有木本單瓣的，也可供食。另有枝條柔弱，花朵小，每個葉腋都生花的蔓性茉莉；有性強而寒，花五瓣，金黃色，花型如小喇叭，葉常綠不凋的金茉莉；還有生長快，抗逆性強，五月開花如桃花，白色五瓣，花香宜人的洋茉莉等品種。

茉莉花以芳香著稱於世，被譽為「人間第一香」和「花中皇后」。事實上，茉莉花被馬來西亞、印尼兩國定為「國花」。茉莉花花香濃烈，可以薰製成花茶，茶湯明淨，風味醇美，餘香經久不絕，是中國人不可或缺的飲料。茉莉花還可以提取茉莉香油，供食品業、化妝品業製造香料、香精。在國際市場上，茉莉花油僅次於玫瑰花露的身價，一公斤茉莉花油的價格等於一公斤的黃金。

茉莉花可以入菜供饌。做成茉莉花佛手瓜沙拉、茉莉花炒蛋、茉莉花粥、茉莉花燴豆腐……等美食。花諺說：「茉莉花燴豆腐，鮮鮮香味均可口」，最是動人食欲。日常烹調時，採上幾朵茉莉花，撒在菜或湯上，不僅增添美色，而且撩人食欲。茉莉花還可以入藥，中醫認為茉莉花性味甘、涼，具有清熱解毒，利濕開鬱的功效，適於治療痢疾、腹痛、結膜炎。

我在美國家中也養了幾株茉莉花，有單瓣的，也有複瓣的，不時可以拿來入饌，為我的生活增加了不少情趣。我發現在加州茉莉花不太好養，它需要水分但又不能過量，需要陽光又不能直接曝曬。我前年夏天買了一株昂貴的「寶珠茉莉」，原來擺在陽光充足的後院當盆景觀賞，每天澆水，結果三天後綠葉就開始枯黃，我把它移到半陰之處，結果兩個禮拜後還是枯死了。

後來我又再買了一株「寶珠茉莉」，種在只有半天日曬的中庭，每個禮拜自動灑水三次，終於存活了。我又再買了一株單瓣的茉莉，用同樣的方法栽植，也存活了。茉莉花朝開夕落，因此我觀賞聞香之餘，也興致勃勃地在茉莉花將凋落時才將它採下，拿來做成茉莉花烘蛋、茉莉花佛手瓜沙拉、茉莉花竹蓀湯來享用。

茉莉花烘蛋的做法很簡單，只要將適量的枸杞子以水泡發，再將雞蛋兩個敲破，打成蛋液。然後將茉莉花苞、枸杞子，倒入蛋液中，調入鹽和糖攪勻。最後將素油倒入鍋中，大火燒熱，再將混合好的蛋液倒入，小火烘成金黃的蛋餅，即可裝盤食用，蛋餅上擺一朵新鮮茉莉花裝飾，更增情趣。

茉莉花佛手瓜沙拉的做法也不難，材料：佛手瓜半個、蘋果半個、新鮮茉莉花十朵。佛手瓜去老皮、籽（嫩的話則不必），切薄片。蘋果去籽，切薄片。將片好的佛手瓜、蘋果，一起用鹽抓一抓，放置十分鐘，擠掉水。最後拌入其他調味料和新鮮茉莉花，即可上桌。

沒想到一株小小的茉莉花，居然能為我的生活帶來這麼多的情趣和滋味啊！

玉蘭花開

玉蘭花從小便是我所深愛的花朵。夏日炎炎時，在台灣各地四處可看到賣玉蘭花的小販，通常一串十朵，象牙白的色澤，香氣馥郁迷人，百聞不厭。我每撞見必買一串來聞香，雖然知道它通常次日就萎謝枯黃了，還是捨不得不買。台灣人常用玉蘭花來供奉釋迦摩尼，因此玉蘭花在台灣民間也有著佛教的意象。

台灣名家沈昭良先生曾說：「被譽為台灣本土文壇第一才子的呂赫若（一九一四－一九五一，享年三十七歲），曾在他的小說《玉蘭花》中用玉蘭花的清香悠遠，來隱喻台灣的傳統文化和深厚人情，看來數百年前從中國漂洋過海傳來台灣的玉蘭花，早就被台灣人誠心接納，成為台灣本土文化的重要象徵了。」所以玉蘭花在台灣文學中早就具有它獨特的文學意象。呂赫若的妻子正好也叫「蘇玉蘭」，不知是否有巧合之處呢？但很多台灣人卻都不知道玉蘭花除了觀賞、聞香、薰製花茶外，還能烹製成迷人的美食。玉蘭花與海蜇、雞絲、牛肉絲同烹，或涼拌，或清炒，都可以做出幾道花香撲鼻的雅菜來。

食用玉蘭花，當然以有機栽植者為佳。為了在美國加州的家裡擁有一株玉蘭樹，我真是煞費心思。玉蘭樹在台灣很常見，在美國卻很罕見，而且身價高昂。通常一株一公尺高的玉蘭樹，就索價一百美元以上。三年前我跑遍了附近的苗圃，才在某家專業苗圃，好不容易看到一株玉蘭樹，闊葉油大碧綠，正開著朵朵白如象牙的花朵，枝椏上竟還有不少淺綠的花苞！我毫不猶豫地買了回來，暫時放在前院的花盆中。玉蘭花的花期長達半年，在豔陽下迎風招展，花香撲鼻，剛好我四年前種的梔子花也盛開，家中充滿南國的夏日氣息，使我每天都不想出門，只想在家採花聞香賞花。

台灣的玉蘭樹雖多，通常種在高山上，根據維基百科全書，最大產地在屏東縣高樹鄉，其次為鹽埔鄉。玉蘭樹是一種嬌貴難養的喬木：它需要許多雨水的澆灌才能長得茂密高大，但雨水又往往使樹葉滋生病蟲害，根部也容

▲我家的玉蘭花每天可開十幾朵。

易受損。尤其是下雨天花盆積水時，往往根部腐爛而死。台灣平地上的玉蘭樹往往綠葉發黃，或甚至長出黑色的霉斑，在梅雨季節甚至還不停地掉葉子，被雨淋得奄奄一息，就是這個緣故。

玉蘭樹並不是熱帶植物，而是一種溫帶的高山喬木，而且品種很多。我買到的那株玉蘭樹，在美國通稱為「喜瑪拉雅玉蘭」（White Fragrant Himalayan Champaca），原產地是喜瑪拉雅山區，喜歡清涼乾爽的氣候，和微量雨水的滋潤。除了象牙白的外，這種玉蘭花也有橙黃色的，花型比台灣的稍微短小些，但香氣更加濃烈。一般的玉蘭花學名為 *Michelia champaca*「Alba」，在上海被稱為「白蘭花」，在雲南稱為「緬桂花」，也是厄瓜多爾的國花。

我家的這株玉蘭樹所開的花朵，雖比台灣的要小一些，香氣卻更加濃烈。我花了一番心思，才在庭院裡找到適合栽植的角落。有些栽植玉蘭花成功的園友告訴我：在冬雨夏乾，晝夜溫差大的加州矽谷栽植玉蘭樹，是一項挑戰；但若仔細呵護，也可以挑戰成功。他們說：玉蘭樹怕熱又怕冷，這裡的冬夜有時氣溫會降到攝氏零度以下，可能會把玉蘭樹凍死，建議我只將它當成盆景觀賞，而不要種在庭園中。平時放在戶外，冬天再移入室內，只要日光充足，澆水適量，它就會一直繼續生長，生生不息。

我不怕接受挑戰，決定要在院子裡種活一株玉蘭樹。結果我發現玉蘭樹果然頗為嬌貴脆弱，需要日照，又不能曬太多太陽，否則綠葉會曬焦。加州的陽光比台灣的狂猛，玉蘭樹有點受不了。我將這株玉蘭樹盆栽先擺在全天日曬的前院，觀察了半年之久，發現它雖然花開不絕，但有一半的綠葉被加州的驕陽給曬焦了。於是我決定把它種在半天日曬的北窗前，位於我家屋門左邊，一開門便可聞到花香，而且從餐廳望出去便可看到它美麗的身影。

那個位置陽光充足又不強烈，溫度暖和又不炙熱，恰好適合玉蘭樹的生長。我發現玉蘭樹在冬天時，綠葉仍不枯萎掉落，就跟松柏一般的葳蕤長青，為寒冷蕭瑟的冬日帶來生氣和活力。前年冬天特別寒冷，晚上不時下霜，外子怕玉蘭樹被霜凍死，特別用塑膠布將它蓋起來，結果反而把一些綠葉給悶枯了。原來玉蘭樹真的很需要陽光！我們趕快將塑膠布移走，它果然又逐漸恢復生機，長出新的綠葉來。前年冬天加州特別乾旱，幾乎沒下什麼雨，我家有不少花樹都枯死了，包括那株得來不易的含笑花。有的雖沒枯死，卻只長葉子不開花，如我前院的幾叢芍藥花。難得的是這株玉蘭樹不但生氣勃勃，而且從去年六月起就不停地打苞開花，每天至少有十朵之多，原來它不但耐寒，而且耐乾旱！

我於是準備享受辛苦耕耘，快樂收割的喜悅。據說玉蘭花炒雞絲，滋味甚美，決定做來一嘗。但這道菜必須用將開未開的玉蘭花苞來製作，香氣才濃郁。七月下旬正值三伏天，含苞待放的玉蘭花苞往往一不注意，便被太陽給催開，香氣馬上變淡了。於是我那幾天每天都在跟陽光賽跑，在清晨或黃昏採集玉蘭花苞，每天大約可以採到兩三個。我也先買好了雞胸肉，將它切絲，用蛋白、太白粉、糖、鹽、料酒……等醃過。三天後我終於收集到八個玉蘭花苞，可以動手製作了。

我先起油鍋，用中火將醃好的雞絲炒至八分熟盛起，再放入那八個玉蘭花苞略炒，最後再放入炒熟的雞絲略拌，以雞湯勾芡，盛在一個白底藍花充滿中國味的瓷盤中，當成那天的晚餐主菜。我迫不及待地夾起雞絲一嘗，發現那些雞絲不但鮮嫩味美，而且帶著濃濃的玉蘭花香。再夾起玉蘭花苞一嘗，只覺濃香撲鼻，花瓣雖稍帶苦味，但苦後回甘，清熱解毒，真是一道令人暑熱頓消的夏日雅菜啊！

木槿花

——有女同車，顏如舜華

端午剛過，夏至初臨，我家那株種在前院斜坡上的的木槿花又盛開了。滿樹白花，與綠油油的葉片相映，在華氏九十幾度的高溫中，令人感到幾許涼意，似有陣陣清涼的夏風拂過。

加州連續幾年乾旱，我家許多花木都枯死了，像那株好不容易種活的含笑花，油綠的葉片早就逐漸掉落，只剩一條光禿禿的樹幹，令我傷心不已。難得的是，這株木槿花安然無恙，而且開花更盛往年，可見它的耐乾旱和生命力的強悍。木槿花不但可以觀賞，還可以入饌，我兩年前初種時就試做過幾道菜，滋味甚美。如今又忍不住想重溫舊夢，拿它來做羹湯，嘗嘗夏日風

▲紫色的木槿花。
▶白木槿。

味了。

木槿花是南韓的國花，象徵著他們歷盡磨難而矢志彌堅的民族性格。南韓的第十八任總統是一位女性，就叫「朴槿惠」。在韓國女子以「槿」為名，是一種莫大的讚美。朴槿惠是中國「陽明學說」的信徒，個性堅毅，外柔內剛。她是南韓前總統朴正熙的長女，朴正熙將她取名為「槿惠」，對她自有一番深切的期望。朴槿惠從小在南韓的政權中心青瓦台宮中長大，飽受寵愛，本是一朵溫室中的花朵。但在朴正熙突然被下屬情報局長暗殺後，她的性情和命運都起了戲劇性的變化。她在一夕之間被逐出青瓦台，並被父親所有昔日的部屬所離棄，險些精神崩潰。她在家面壁三年後，決定到台灣研習王陽明學說，終於深深地領悟了「心學」的要旨，不再為任何的艱難環境所困，一「婦」當關，萬夫莫敵，當選了南韓的最高元首，曾經做得有聲有色，不讓鬚眉。她後來雖因「閨蜜門」親信舞弊案受彈劾而下台，仍不失為女中豪傑。

韓國木槿花最早傳自中國，因為它嬌豔堅強，而得到韓國人特別的重視。其實木槿花在中國栽培的歷史很早，當時也得到古代中國人的讚賞謳歌，後來不知道為什麼慢慢地式微了。中國的第一部詩歌總集〈詩經・有女同車〉裡，就有「有女同車，顏如舜華」的詩句。所謂的「舜華」，就是木槿花，可見它姿色之美。在中國，木槿花自古多栽種於庭園或作圍籬，花開時密密麻麻，成群結隊，甚為美麗。可惜早上開花，傍晚即凋萎。「舜」即瞬，得自於「僅榮一瞬」之意，唐人詩云：「世事方看木槿榮」，說明了木槿花雖美，卻容易凋謝的特性。木槿花既然只有一天的壽命，觀賞之後用來入饌，物盡其用，誰曰不宜？

清人陳淏子所著的《花鏡》一書中，曾經仔細地描繪木槿花的形態和特性。他說木槿花：

> 葉繁密，如桑而小，花形差小如蜀葵，朝榮夕殞，遠望可觀。若單葉柔條，五瓣成一花者，乃離槿也，只堪編籬，花之最下者。海南有朱槿，但不易得耳。

他可說是將木槿花的形態特徵，形容得非常貼切。木槿花的葉子有鋸齒，的確看起來有點像桑葉。事實上，與木槿花同屬的姊妹花很多，有三十多種，如扶桑（朱槿）、木芙蓉等。木槿花的種類也多，有單瓣、複瓣兩種，顏色也有藍紫、玫瑰紅、粉紅、紫、白、藍等六色。一九九〇年，韓國將單瓣紅心系列品種，定為韓國國花。

有人以為朱槿就是木槿，但朱槿的花朵比木槿大，色彩更多。木槿花的花期和朱槿的花期一樣長，可以由夏天一直開到秋天。木槿花不但在盛夏時為庭園增色；而且在夏末秋初，花事寂寥時，只有木槿花依舊展露嬌顏，滋潤著愛花人枯燥的心靈。因此古往今來，曾有不少騷人墨客為之歌詠。唐人羊士諤的〈玩槿花〉詩就說：

何乃詩人興，妍詞屬舜華。風流感異代，窈窕比同車。
凝豔垂清露，驚秋隔絳紗。蟬鳴復蟲思，惆悵竹陰斜。

對木槿花可謂情有獨鍾。

事實上，木槿花在中國、韓國的某些地區，常被作為蔬菜食用，不但可以做菜，也可以做湯。食用木槿花，以白花為佳。例如江西、湖南一帶民眾，常常採摘白木槿花來煮羹，湯味鮮美。福建汀州人則將它調入稀麵和蔥花，入鍋油炸，滋味鬆脆可口，因此又把它稱為「麵花」。

每年木槿花花開時，也是我家的玫瑰盛開的時候。於是我將幾朵白木槿連綠萼一起採下，摘去花蕊，洗淨瀝乾，再將日本的天婦羅粉調成稀麵糊，把每朵白木槿薄薄地裹上一層稀麵糊，放入油鍋中以中火油炸，炸得金黃酥脆方才撈起，盛在一個鑲銀邊的雪白瓷盤中，再飾以幾朵我所栽植的香檳色玫瑰，這道原本簡素的鄉野小菜，就變成了一道令人驚豔的高貴大菜了。我把它沾著天婦羅醬汁食用，外酥裡嫩，真是不可多得的夏日佳味！

我也試著將新鮮豆腐切塊，以高湯煮熟，加入鮮紅的火腿粒調味增色，再將幾朵連綠萼的木槿花放入豆腐湯一起煮熟，發明了一道清甜可口的木槿花火腿豆腐湯。提筆至此，微覺腹飢，室外豔陽高照，原來午餐時間快到了。我想起了前坡那株開滿了雪白粉豔花朵的木槿花，突然靈機一動：我何不採幾朵木槿花來炒豬肉絲嘗嘗滋味呢？於是先從冰箱拿出一塊鮮豬排，切成粗絲，用太白粉、糖、醬油醃過，再將生薑、生蒜各自切碎備用。

然後，我戴上草帽，頂著炙人的驕陽，從後院走到前坡，採下六朵正在盛開的木槿花，再急急地走進廚房，只覺頭昏腦熱，汗流如漿。據說木槿花可以清熱涼血，更堅定了我試做這道菜的決心。我先將木槿花洗淨瀝乾，起油鍋，油沸後改成中火，將生薑末、生蒜末爆香，再將醃過的豬肉絲慢慢炒熟，放進木槿花略拌，並澆了一些高湯調味。我將它盛起，放在一個漂亮的圓盤裡，看起來就令人食指大動。一嘗之下，那些炒熟的木槿花不但清甜可口，而且花瓣的質地柔嫩綿密，配著一鍋我預先做好的蘑菇蛋花湯，吃得胃口大開，完全忘了減肥的決心。

據說木槿的嫩葉可煮湯，也可泡茶。木槿花的藥用更是神奇，對癌細胞、大腸桿菌、傷寒桿菌，及常見性皮膚真菌有一定的抑制作用。木槿花製藥可以「活風」，採嫩葉做茶，有助睡功效，不像一般茶喝了令人容易亢奮，不易入睡，是種天然有機的安眠藥。如此良卉奇葩，叫人如何不愛？

夏日櫛瓜頌

加州是典型的地中海氣候，陽光燦爛，冬雨夏乾，晝夜溫差大，很適合種植地中海地區的植物，如櫛瓜（Zucchini Squash）、圓茄、燈籠椒、番茄、洋蔥、朝鮮薊（Artichoke）……等蔬菜，百里香（Thyme）、月桂葉（Bay leaves）、迷迭香（Rosemary）、羅勒（Basil）、牛至（Oregano）、茴香（Fennel）……等香草，只要澆夠水，完全不必施肥灑農藥，就長得葳蕤肥碧，色澤光豔，令人充滿成就感。

我在屋後陽光充足處，開闢了一個小菜園，除了種了十幾株草莓外，還種滿了這些地中海的蔬菜香草，每年初春下苗，幾陣春雨後逐漸長得蓊蓊勃勃，入眼一片鮮紅翠綠金黃，令人心情愉悅。入夏後，香草肥翠，蔬果結實

▲櫛瓜花清晨開，過午即謝。

纍纍，可以做成許多美味的家常菜，大大地為我的餐桌增色。

我後園中的蔬菜，產量最高的就是美味的櫛瓜，去年夏天採之不盡，用之不竭。櫛瓜又名筍瓜、義大利絲瓜，最早由義大利移民傳入美國，因味美可食，變成了美國人最常吃的夏日蔬菜之一。櫛瓜是葫蘆科南瓜屬，一年生的蔓性草本植物，以嫩瓜或種子栽培。嫩瓜適於炒食、作餡、油炸、烤製，老瓜適於煮湯，或做成地中海燉菜（Ratatouille）。

櫛瓜的根部很發達，生長迅速，只要兩個月的時間就可開花結果。葉片極大，亭亭如荷葉，看起來生氣盎然。葉莖近圓形，葉軟有毛，缺裂極深。金黃的花冠裂片柔軟，向外下垂，萼片狹長。花梗短，圓筒形。表面平滑。櫛瓜成熟後無香氣，含糖量較少，不像台灣的絲瓜那麼甜軟。

櫛瓜可以生吃，也可以熟食，生吃口感清脆綿密，熟食口感軟潤甘滑。櫛瓜的汁水比台灣絲瓜少，因此瓜質比台灣絲瓜硬一些。最棒的是不用削皮，馬上可以食用。我覺得將櫛瓜直接切片，沾點蜂蜜芥末沙拉醬生吃，滋味更勝蘆筍。如想熟食的話，將櫛瓜剁碎了混在碎豬肉裡，用來做包子、餡餅或餃子，最是味美可口，瓜汁有點多又不太多，剛好中和了豬肉的肥膩。

櫛瓜的品種依外皮的顏色，主要分為綠皮、黃皮、白皮三種，外型也有大、小、長、圓之別。美國常見的是長型的綠皮櫛瓜，也是我最喜歡吃的，因為它外綠內白，一看就覺得清涼解暑。我每年一定在後園裡種兩株櫛瓜，一株綠皮，一株黃皮，除了觀賞櫛瓜藤葉的美態外，七月時就可以每天吃到新鮮有機的美味櫛瓜，和人間珍饈——櫛瓜花。

「炸櫛瓜花」本來就是一道著名的義大利小菜，用來做下酒菜用的，是只有夏天才吃得到的節令美食。有一年夏末，我和外子去羅馬渡假，特別去逛羅馬的農夫市場，就看到一紮一紮瓜身翠綠，瓜頂開著金黃花朵的櫛瓜花，恨不得一嘗為快。後來我們終於在舊金山的某家著名義大利餐館中吃到炸櫛瓜花，卻覺得很失望。那麵衣裹得太厚，喧賓奪主；麵衣放冷回軟，吃起來既不香也不脆，使得那櫛瓜花淡而無味。現在我自家的後園裡就有吃不完的櫛瓜花，當然不能暴殄天物囉！

櫛瓜每到六月初的清晨就開出金黃色的花朵，中午就萎謝了。櫛瓜花有雄花，也有雌花，很容易分辨。雄花較大，只是一朵黃花而已。雌花較小，黃花下還連著一條小瓜。雌花由蜜蜂授粉後，會逐漸長成翠綠的櫛瓜；如果沒有授粉的話，就會連瓜帶花一起萎謝掉落。

而雄花完成授粉的任務後，馬上就閉合了。那時我總小心地將閉合的雄花採下，放在冰箱保鮮。等存到十幾朵時，就可以用來做「炸櫛瓜花」了。不過義大利式的炸櫛瓜花通常麵衣用的是麵包粉，冷後就回軟，我把它改良成日本式的「櫛瓜花天婦羅」，吃來酥脆異常，冷熱皆宜。

櫛瓜花天婦羅的材料是櫛瓜花十朵，天婦羅粉少許，水適量，素油半鍋。做法很簡單，只要將素油用大火燒熱，轉成中火。將天婦羅粉加適量的水調成麵糊。然後，將櫛瓜花沾上麵糊，下鍋油炸。油炸時，將剩餘的麵糊，用筷子輕點在櫛瓜花塊上，不時翻面，讓兩面都均勻地沾上麵糊。大約五分鐘後，就可用網勺撈起，將油瀝乾，大快朵頤了。這種櫛瓜花天婦羅即使冷卻後，還是一樣香脆可口。沾以特製的天婦羅醬（Tempura Sauce），更是對味。

櫛瓜也是地中海燉菜（Ratatouille）的主要食材之一。地中海燉菜本名「普羅旺斯燉菜」，源於法國的尼斯（Nice），全名應為「尼斯燉菜」（Ratatouille niçoise），不過地中海各國皆有類似這種以各種夏日時蔬一起燉煮的菜色，風味內涵各不相同。這道菜的優點是可冷食，可熱食，隔夜吃滋味尤佳。當主菜、配菜、做醬或拌義大利麵都滋味得宜，百吃不厭。

正宗的地中海燉菜，據說材料是甜椒兩顆、胡蘿蔔兩根，切成約一公分立方丁。橄欖油足量，櫛瓜四條，切成約一公分立方丁。圓茄三顆，切成約一公分立方丁。洋蔥兩顆，切薄片。大蒜四瓣，去皮切碎。番茄一公斤，去皮去籽，切成約一公分立方。調味料為百里香四支，月桂葉三片。

正宗做法是：將這些蔬菜或先烤熟，或先用橄欖油炒過，再加香草調味，放在一起燉得稀巴爛即成。滋味雖美，製作卻有點麻煩費時，外表又灰撲撲不甚美觀。加州的義大利餐館通常只把甜椒、櫛瓜、圓茄、洋蔥、番茄等食材切塊後，混在一起用橄欖油略為烤焦，就用來搭配義大利麵，滋味也不差。

我前一陣子做了義大利肉醬麵，突然好想吃地中海燉菜。我的菜園裡今年也種了這些地中海蔬果，但當時只有羅勒香草可以採收，其他的才剛結出小果。我不辭麻煩地驅車去有機超市採買，依樣畫葫蘆地創造了我個人版的「地中海燉菜」，覺得更適合我的味覺和廚房。

我把這些蔬果全切成立方丁，改烤為煸，全用橄欖油分別煸過。原則是汁少的先下鍋，汁多的後下鍋。我先煸洋蔥、圓茄，再煸甜椒、櫛瓜，最後再煸番茄。然後捨去月桂葉和百里香，只用鹽、蒜末、新鮮羅勒調味，在一起合燉五分鐘就起鍋，配上自製的義大利肉醬麵，食味意外精彩，外觀七彩繽紛，入口清香甜美，家人吃得讚不絕口，連吃了兩天，我不禁心花怒放，決定以後把它列入我的家常食譜之一。

美國曾經有一部著名的動畫片《料理鼠王》（Ratatouille），在全球熱映，據說借用的就是美國名廚托馬斯・凱勒（Thomas Keller）的故事。托馬斯・凱勒現在是加州著名的高級法國餐館「法國洗衣房」（French Laundry）的老闆，饕客們得三個月前預約才能吃到他製作的好菜。《料理鼠王》（Ratatouille）在二〇〇七年由彼思動畫製作室製作、華特迪士尼影片出版，於二〇〇七年六月二十九日在美國首映。動畫工作組在製作影片過程中，特別商請托馬斯・凱勒來協助。托馬斯・凱勒在影片中客串配音，他的角色是餐廳的贊助商。

自製地中海燉菜。

劇情是一隻平凡的老鼠，夢想成為巴黎一家法國餐廳的傑出大廚，而決心追隨他的偶像——已逝的巴黎米其林名餐廳——銀塔（La Tour d' Argent）的主廚Auguste Gusteau（片中的鬼魂大廚）的指引，到巴黎的餐館做事，從學徒幹起，排除萬難，終於美夢成真，做出人人叫好的地中海燉菜。名廚Auguste Gusteau已因自己被食評家從米其林五星降成三星，悲憤而自殺身亡，以身殉道。老鼠對於廚房，和廚房對於老鼠都是死路一條，可想而知老鼠想成為名廚，有多麼困難，前途又有多麼險惡。但牠憑著天生過人的味覺和毅力，達成了牠的目標，並將餐館取名為La Ratatouille（地中海燉菜）。

經過這部名片的加持，普羅旺斯的家常菜「地中海燉菜」儼然成為法國菜的經典之作。但這部電影給我最大的啟發是：每道家常菜都可以成為名菜，只要有人不斷地研發與提昇。每個平凡人都可以成為大廚，只要不怕麻煩操勞，並有精準的嗅覺與味覺。而廚師顯然是個可以點「食」成金的行業，但需要過人的體力和毅力，每天能在廚房站十幾個小時而不叫苦叫累。你看：世界上所有的餐館名廚，不幾乎全是男人嗎？所以我還是樂於只當一名家廚，不必承受餐館名廚的焦慮與壓力，可以每天隨心所欲，隨興所至地研發品嘗新菜，與家人吃得又香又飽。

此外，那授過粉長成手指粗細，還連著一朵雌花的新鮮嫩櫛瓜，簡直可說是珍饈中的珍饈了。據說最近有一位巴黎名廚將碎雞肉略加調味，鑲入那朵閉合的雌花裡，再將整條嫩櫛瓜，連瓜帶花略為烤熟後，最後再淋上特製的醬汁，供饕客嘗鮮。不但賣相高貴明豔，而且滋味新奇超群，轟動巴黎。我準備今年來試做，在家裡就可品嘗巴黎風味。

可見櫛瓜是一種最有美德，用途最多樣化的蔬菜。除了物美價廉外，可生吃，可熟食；可單吃，可合食；可素吃，可葷食；可洋吃，可中食。可隨意做成家常菜，也可精製成餐館名饌，就像中國豆腐般的「十八配」，本身沒有太強的氣味，又善於吸收其他食物的鮮味，兼容並蓄。我們的社會不但需要這樣的人才，也非常需要這樣的美蔬！

刺梨仙人掌

我的廚房窗前擺滿了形形色色的仙人掌盆景，每到夏天便會各自開出七彩繽紛的花朵，有鮮紅、金黃、粉紅、紫紅、雪白、橙紅諸色，嬌豔無匹，賞心悅目。

「非草非木，亦非果蔬，無枝無葉，又並無花。」這是中國古籍《花鏡》中有關仙人掌的記載，我一看就知道是不正確的。《花鏡》是中國較早的園藝學專著，闡述了花卉栽培及園林動物養殖的知識。成書於清康熙二十七年（西元一六八八年），作者為陳淏子，字扶搖，生平愛好栽花，成書時已七十七歲高齡。

《花鏡》有許多資料值得參考借鏡，但我覺得作者大概因沒有詳細地觀

▲我家廚房窗台前，仙人掌花盛開。

◀刺梨仙人掌傲立於群花之中。

賞過仙人掌的生長形態，才會認為仙人掌不開花，不結果，也不能當成蔬菜或水果食用。台灣最常見的仙人掌屬植物：曇花、螃蟹蘭、火龍果，開花時的豔麗壯觀，都是有目共睹的。而且曇花的花朵，和火龍果的果實，都是可食的。

至於說仙人掌無葉，也表示《花鏡》的作者仙人掌的知識，有所局限。他不瞭解仙人掌的祖先生活在美洲或亞洲的熱帶、亞熱帶地區的沙漠或半沙漠之中，環境無水乾旱，酷熱高溫，仙人掌在這裡生長，逐漸適應了這樣惡劣的環境，自身的結構和生活方式便發生了變化，莖變成肉汁多漿，可貯藏大量的水分；葉子變成針刺，以減少水分蒸發。分而且仙人掌除了可觀賞外，還可以入饌。最具食用價值的就是原產墨西哥的「刺梨仙人掌」（Prickly Pear Cactus）。刺梨仙人掌後來傳播到世界各地，在台灣的澎湖島上也遍地生長，果實紫紅甜美，可以食用，因此又名「澎湖蘋果」。刺梨仙人掌的莖形如梨，長著一些細刺，嫩莖去刺後清香可食。它會開鵝黃的花朵，花謝後結成紫紅的果實，有仙人果、仙桃之稱，是澎湖人喜愛的水果。

我因此特地在菜園裡種了一株刺梨仙人掌，就種在一叢美人蕉旁邊。可惜目前還小，還得等上好幾年才會開花結果。幸好我去年夏天意外地在矽谷的韓國超市買到成熟刺梨仙人掌的果實，果皮紫紅，大小如梨，每磅只賣美金九十九分，還不到一塊錢。我如獲至寶，趕緊選了五個最漂亮的回家嘗新。有一天吃早餐時，我選了一個最紅的刺梨剖成兩半，發現果肉也是紫紅色的。我用湯匙挖來吃，味道甜得像蜜，而且有點像西瓜，果肉裡有一些細碎的種子，像芭樂一樣。吃完後，覺得生津止渴，跟吃水梨一樣，難怪有「刺梨」之稱！

其實刺梨仙人掌的果實有酸、甜兩種，甜的可鮮吃或入饌，酸的加糖製成果醬，無不風味絕佳，在美國有些沙漠地區可以買到。刺梨仙人掌的莖片嫩而多汁，細刺也不多，把細刺夾乾淨後，不但可以做成許多美味的佳肴，而且清熱解毒。墨西哥人稱刺梨仙人掌為Naples，他們通常將它的莖片切成條狀，配上番茄、洋蔥、芫荽，澆上檸檬汁而食，名為「刺梨仙人掌沙拉」。在加州的許多超市的蔬菜部門內可以買得到，我有時也買回來做著吃，換換口味。

此外，我還用刺梨仙人掌的莖片和果實，試做出好幾道中式菜肴，呈現另一番動人的東方食味。我將它的鮮莖切成條狀，配上鹽、味精、醋、芝麻油等調味品，生拌而食之。也可以加入燙過切絲的黑木耳，做成「黑木耳涼拌刺梨仙人掌」。或將刺梨仙人掌莖切條，來炒澎湖絲瓜，都是清熱開胃的夏秋佳肴。

加州的華人超市，可以買到澎湖絲瓜。刺梨仙人掌炒澎湖絲瓜，做法十分簡易。只要將澎湖絲瓜先切塊，仙人掌莖切條，起油鍋用蒜末爆香，一起混炒到軟熟即可。我有時最後會再加點刺梨的果肉（也就是「澎湖蘋果」），拌炒均勻，略加鹽調味，起鍋時整盤碧綠粉紅，食味清爽軟嫩，略帶甜意，令人意猶未盡。

時序過了秋分後，我後園裡的銀桂也開了，芬芳四溢。我因此又做了一道桂花蜜汁仙人掌。我將仙人掌切條，在開水中略燙後取出。然後，將適量的白糖、蜂蜜放在鍋中熬成糖汁，再將燙好的仙人掌莖條放進鍋中略拌，放入適量的新鮮桂花，即可食用。仙人掌的莖條軟嫩多汁，帶一絲鹹味，配上蜂蜜的甜，桂花的香，上面再飾以一朵我種的紫三色菫花，真是一道充滿詩情畫意的秋日涼菜！

經過了三年漫長的生長期，我家的那株刺梨仙人掌今年居然結實纍纍。葉片上先是開出鵝黃花朵，花謝後便結出長圓形的碧綠果實，然後逐漸地轉成紫紅的色澤，果實表皮上密生著細刺，跟我在超市中買的又不相同。我鼓起勇氣採下一顆果實，雖然戴著手套，我的手指上仍沾滿了細刺。我用小剪刀將那些細刺一根根刮掉，然後將我種出來的第一顆刺梨切成兩半，用小湯匙挖著吃。啊！真是其甜如蜜！天地造物，是何等的神奇！

我家後院的仙人掌結果了。

山苦瓜

我們有一年七月初去逛加州矽谷的越南購物中心，在那裡的「芽莊餐廳」美美地吃了一頓蔥薑生蠔、炸春捲、芒果糯米飯……當午餐吃。飯後逛街，我發現附近有幾個小販在賣一些越南人喜歡食用的蔬果幼苗，是其他苗圃買不到的。我興沖沖地買了一株胡瓜苗（七美元），一株苦瓜苗（四美元）回家栽植。那株胡瓜苗有半公尺高，已結出小果，看起來頗為強健；苦瓜苗只有二十公分高，剛開出一朵朵的黃色的小花，花葉看起來都纖細脆弱，不知道是不是養得活。

我家前院蓋有一個三公尺高的四角型紫藤花架。我們聽從園丁的建議，紫藤長得快，只需在花架對角處的兩根木柱旁各種一株紫藤，讓它們攀緣而生即可，不久後就可看到藤花滿架；因此，另外兩根木柱旁邊是空的，尚未種植任何植物。我們回家後便分別把胡瓜苗、苦瓜苗分別種在那空置的兩根木柱旁，讓它們相對而生。纖細的苦瓜藤因藤繁葉茂，容易折斷，我們特地加放了一個長寬各約一公尺的矮木架，讓它可以左右上下攀緣。那年加州乾旱，水費高漲，矽谷的天氣十月就變涼了。瓜類喜歡潮濕溫暖的天氣，這兩株瓜苗都只剩兩個月的生長期。我當時以為胡瓜必會有收成，而栽植苦瓜可能只是白忙一場，沒想到結果適得其反。

那株壯健的胡瓜不停地開著大白花，卻都是放空砲。有許多帶著一根小胡瓜的雌花，在花謝後就萎黃掉落了，藤葉在十月就開始枯萎，令人惋惜不已；反是那株看起來弱不禁風的苦瓜，在九月就結出第一個碧綠的小苦瓜，我原以為它會繼續長大，它卻長到十公分長就開始變紅了，掛在綠藤上嬌媚玲瓏，煞是可人。十月時又結了第二個，十一月結出第三個，藤葉還是綠油油的。我這才發現原來它可不是一般的苦瓜，而是一株罕見的山苦瓜！我家位於樹林叢生的小山上，氣溫比山下要陰涼些。山苦瓜喜歡高冷的氣候，種在我家半陰的前院剛好適得其所！

山苦瓜（Kakorot），學名 *Momordica charantia var. abbreviata*，是一年

▲掛在綠藤上嬌媚玲瓏的小苦瓜。

生的蔓性攀緣草本植物，分枝繁茂，枝蔓具有捲鬚和毛茸，可以在木架攀緣，全株具有特異的臭味，比一般苦瓜矮小。瓜果長卵形，末端尖尖的，只有一般苦瓜的十分之一到十五分之一大，苦味也較清淡。果實表面有疣狀突起，未成熟果皮為濃綠色，成熟後果皮變成橙紅，果實熟透時會自然裂為三片，向外翻捲而露出深紅色的種子。原產熱帶亞洲，現在台灣已馴化為野生植物，在中、南部的中低海拔山區經常可見。[1]

我從小在家鄉屏東縣的來義山上就常看到山苦瓜的芳蹤，沒想到如今在加州矽谷竟意外與它重逢。來義原住民喜歡把山苦瓜種在籬笆上觀賞，也把它當成蔬菜食用。我那時冰箱裡剛好有兩個從好友經營的農場買來的自製鹹鵝蛋，靈機一動便決定用那最後一個山苦瓜，來做一道難得的農場珍饈——山苦瓜炒鹹鵝蛋黃。鹹鵝蛋的體

---

1 台灣農業知識入口網站。

山苦瓜熟了。

積約有鹹鴨蛋的兩倍大，蛋黃也特別豐足甘腴，有兩倍之多，我想用一個鹹鵝蛋也就足夠了。

我把那個山苦瓜洗淨，對半切後去籽，切成薄片。再將青葱切粒，鹹鵝蛋去殼切成兩半，挖出蛋黃備用。然後起油鍋，大火燒熱，先放入葱花爆香，再放入鹹鵝蛋黃以鍋鏟鏟碎、炒鬆，略加白糖調味，最後放入山苦瓜片拌炒約一分鐘，讓它入味斷生，並均勻地沾上鹹鵝蛋黃，果然做出了一道金黃翠綠的珍饈。我就將它鏟起，特地盛在一個碧綠鑲金邊的英國骨瓷盤上，色澤顯得意外協調。我用筷子小心地挑起來一嘗，那些山苦瓜片果然清脆可口，一絲淡淡的苦味把鹹鵝蛋黃襯托得特別甘香酥鹹，真是不枉我這四個月來的「朝朝勤顧惜，夜夜不相忘」啊！

夜來香，我爲你歌唱

「那南風吹來清涼，那夜鶯啼聲淒滄，月下的花兒都入夢，只有那夜來香，吐露著芬芳……」這首在三十年代由李香蘭唱紅的〈夜來香〉流行歌曲，早就賦予夜來香一個美好的大眾形象，流傳至今。

我幼時每逢炎夏，媽媽必定買來成束的夜來香，插在一個白底藍花的瓷瓶裡，看起來清雅脫俗，驅走了不少難堪的暑熱。夜來香散發著濃烈的香氣，愈夜愈香濃。我喜歡躺在床上凝視著那修長的碧綠花莖，和那一串串密生在花莖上珍珠般的雪白花苞。我觀察到夜來香花苞頂上還帶著一絲嫣紅，但綻開後就變成純白了，可惜這麼香美的花朵，通常開個三天就凋謝了。我夢想著將來如果我有了自己的花園，一定要種上幾株夜來香，好好地賞玩一番！

據說夜來香原產墨西哥和南美洲，是石蒜科球根花卉，喜歡溫暖潮濕的天氣，黏性的土壤，在熱帶和亞熱帶四季開花；但在較冷的溫帶和寒帶，只在夏天開放，冬天強迫休眠。夜來香大約在明清時代傳入中國，在中國文學裡早樹立了特殊的意象。明代詩人楊桂森曾為它寫下一首七言詩：

未雪先開六出花，也將冷豔傲鉛華；
綠裳半裹長腰軟，白玉濃堆一鬢斜。

夜來香因此在中國又被命名為「晚香玉」，聽起來古雅哀豔。據說晚香玉這個名字還是康熙皇帝取的，在古籍《清稗類鈔》中有記載。它在鄭成功時期或之前，就已被引進台灣，因此曾任台灣知縣的王兆陞所遺留的詩篇〈郊行即事〉（一六八八），曾有「草訖胭脂紫，花聞月下香」之語。

我覺得晚香玉這個名字極美。在我著迷於唐詩宋詞的中學時代，就曾給自己取了一個同樣的筆名，專門用來寫散文投稿報章雜誌，抒發青春時代不可告人的情思。大學時代讀白先勇的短篇小說〈永遠的尹雪艷〉，那個經常一身素白裝扮的女主角尹雪艷，淨扮得了不得，她的桌上總插著一瓶晚香玉，散發著甜美的幽香。夜來香的文學意象，從此又被提昇了一層。

最近，我發現夜來香不但超塵出世，也是隨俗入世的。不但可以觀賞，還可以薰茶入饌，吃了能清肝袪風，散熱去火。盛產烏龍茶的台灣南投縣，已有人用它來薰製「夜來香烏龍茶」，價格不菲。但夜來香在美國並不容易買到，夏天時在花店偶爾可以買到成束的切花，大多是複瓣的，從墨西哥進

▲單瓣夜來香。

口。我買來一束，也插在白底藍花的瓷瓶裡，放在電腦前聞香，提神醒腦。想到它不久後即將凋萎，為何不用來試做幾道佳肴來嘗嘗呢？尤其是複瓣的夜來香，美味加倍，口感更佳。

據說江蘇菜中有「夜來香汆雞片」一菜，我找到了食譜，決定先從此道下手。我先將雞胸肉劈成柳葉形，碗內加精鹽、紹酒、蛋清拌勻上漿。再將夜來香花朵去蒂洗淨，下沸水鍋中略燙，撈出放盤中。鍋中放下雞清湯，煮沸後下雞片，變色即撈出，放入湯碗內。最後，將湯鍋再置火上，舀入雞清湯，加精鹽燒沸，倒入湯碗中，放上夜來香花朵即成。一嘗之下，雞片潔白細嫩，夜來香幽香隱隱，花瓣也細嫩無渣，不但味美，而且令人覺得風雅出塵。

於是，我決定發明一道「夜來香番茄炒雞蛋」。先將三顆小番茄洗淨瀝乾，切片備用。並將兩個雞蛋敲破，打成蛋液，備用。夜來香鮮花去蒂，與切好的番茄片一起放入蛋液中，加鹽、糖調味。最後，在炒鍋中放入一匙沙拉油，大火燒熱，將混合蛋液放入油鍋中，翻炒約兩分鐘。至蛋液金黃凝結，番茄、夜來香鮮花也都脆嫩可食，即可上桌，是一道簡易美味的家常菜。

更妙的是，夜來香也可做成宴客大菜，如「夜來香甜豆炒蝦仁」。做法也不難：先將十二隻中蝦洗淨瀝乾，剝殼抽腸，以蛋清、太白粉、鹽、糖、麻油、清水，置放冰箱，醃一小時以上。二十個甜豆莢洗淨瀝乾，去蒂，剝去兩側粗絲，備用。再將十朵夜來香鮮花去蒂，泡在冷水中備用。炒鍋中放入兩匙沙拉油，中火燒熱，將醃好的蝦仁炒至九分熟，盛起備用。炒鍋中再放入一匙沙拉油，大火燒熱，將甜豆莢加鹽、糖，炒至八分熟。最後，在鍋中加入夜來香鮮花，拌炒一分鐘。再加入炒好的蝦仁，共同拌炒一分鐘，即可盛盤食用。顏色紅、綠、白相映，極為悅目，滋味亦脆嫩佳妙，甘美無匹。此外，夜來香還可以做成夜來香炒田螺、酥炸夜來香等佳肴，以後有機會再一一試做。

去年夏天，我在加州矽谷跑了好幾個苗圃，好不容易才找到三株含苞待放的夜來香，一盆一株，每株索價十五美元，我如獲至寶，毫不猶豫地買下。據說夜來香喜歡曬太陽，又不能忍受太強烈的陽光，我家的土壤剛好是黏性的，我便把它們種在後院有半天日曬的的地方，結果長得非常好，披針型的葉片碧綠葳蕤，柔軟光滑，初夏時開出雪白的花串，雖然是單瓣的，卻也濃香襲人。

我也發現夜來香不但花朵好吃，似乎連葉片也味美可食。我把花朵採完後，剩下的夜來香葉片幾乎被松鼠啃得七零八落，我趕快用鐵絲網將它們圍了起來，免得被啃光。我上網一看，才知道台灣虎尾鎮的某夜來香花農，因為他們的夜來香花都賣不出去，乾脆還將夜來香花莖入菜，結果無論是涼拌、熱炒都可口，變成了價格不菲的高檔料理，比賣夜來香花還賺錢。我對夜來香的鍾愛，於是又增添了幾分。

據說夜來香怕霜凍，但我家的夜來香卻熬過去年的嚴冬，今年初夏又照樣發芽生葉了。但在我稍不注意時，它的莖葉又被松鼠啃得七零八落，令我捶胸頓足，看來今年開花無望，只好期待來年了。啊！夜來香，我為你歌唱，我為你思量！

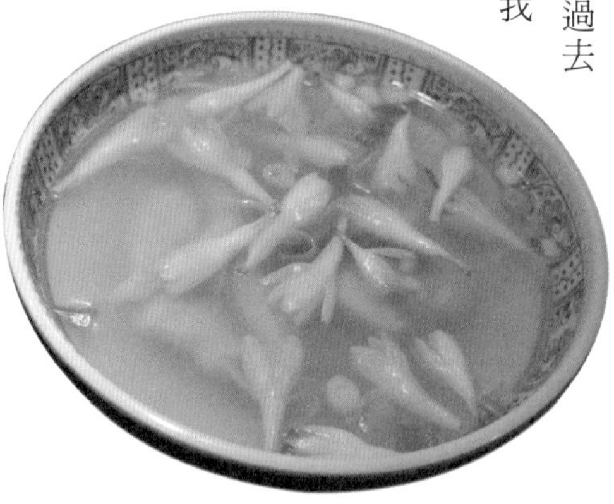

▲江蘇名菜：夜來香汆雞片。

秋海棠的夢幻滋味

時序進入八月，我那幾株種在後院陰涼角落的小中國秋海棠，陸陸續續開了幾十朵粉紅的小花，模樣嬌媚，楚楚可憐，我感到說不出的欣喜，也驚覺秋神腳步的到來。為什麼呢？因為我知道秋海棠花除了美麗外，還可以入饌，而且是一種高雅時尚的美食。我除了每天不時欣賞秋海棠花的美態外，還不時想著如何將它做成幾道詩情畫意的佳肴，來好好地品味這美好的秋日。

秋海棠花酸酸的，帶著微微清香，有點像酢漿草的味道，質地又細嫩多汁，製成甜食極為味美。據說明末的秦淮名妓董小宛善製「秋海棠露」，極得她夫婿——才子冒辟疆的讚賞。董小宛下嫁冒辟疆後，兩人共居於江蘇如臯「水繪園」中。董小宛廚藝精湛，兩人日常除吟詩作詞外，也以美食自娛。她善製菜蔬糕點，尤善桃膏、瓜膏、醃菜等，名傳江南。她所製作的一種酥糖，被命名為「董糖」，曾出現在袁枚的《隨園食單》一書中，是如今揚州名點——灌香董糖、卷酥董糖的老祖宗。

董小宛取秋海棠花製秋海棠露，據說滋味芳醇無雙。冒辟疆在《影梅庵憶語》中就說：「最嬌者，為秋海棠露。海棠無香，此獨露凝香發。又俗名斷腸草，以為不食，而味美獨冠諸花。」可惜董小宛早死，而袁枚沒向她打聽過做法，他的著作《隨園食單》中也沒有記載。因此秋海棠露到底是一種美酒，還是一種甜湯，我們至今仍不得而知。而這種難得的鮮花美食，也就這樣失傳了！

我朝思暮想那「秋海棠露」的滋味，有一天終於忍不住親自動手，做了一道「秋海棠果凍」，一試秋海棠的美味。我把後園子裡粉紅的中國秋海棠花摘下洗淨，加糖、水煮沸，燜幾分鐘熄火，讓它浸泡過夜。次日清晨起來一看，那秋海棠露已變成極為美麗的深粉紅，令人心魂俱醉。此時我便將秋海棠花瓣濾去，並將秋海棠露、白葡萄汁、果凍粉攪勻，在鍋中煮沸，不時輕輕攪拌。然後，再加入適量的糖，把它再煮沸一次，最後離火讓它逐漸冷卻。

然後，我將一些新鮮的秋海棠花瓣，放入兩個葡萄酒玻璃酒杯底內，再將冷卻後的秋海棠露分成兩等分，勻入杯中，放在冰箱中擱一夜，次日清晨它們就已結成粉紅透明的果凍了，亮晶晶像粉紅的寶石。我拍了照後，忍不住先吃了一杯。啊！那甜中帶酸，甘香潤澤的食味，真令人驚豔無窮啊！

那秋海棠果凍在淡淡的花香之餘，還洋溢著蜂蜜的芳香。我再灑了一些鮮奶油在另一杯秋海棠凍上，飾以一朵新鮮的秋海棠花，看起來更是羅蔓蒂克，吃來又多了一分鮮奶油的甘美潤澤，和秋海棠花的細緻清酸。想來我日後在跟文友雅聚談文論藝時，如能端上一杯如此浪漫珍稀的甜點以饗嘉賓，必使言談更加妙趣橫生，賓主盡歡，彼此間都留下難忘的回憶吧！

秋海棠花清酸可口，還可以去除海鮮的腥味。入饌時只要洗淨即可，不需摘除花蕊，簡便好用。秋海棠不但花朵可食，連葉子都很好吃。法國是歐洲的美食大國，法國人也很喜歡吃秋海棠的花葉。他們通常把秋海棠花搗碎，榨出汁液，混合在各種菜肴或糕餅之中。他們還用秋海棠的葉子做湯，或與魚同烹，滋味更加鮮美。

美國人則喜歡用秋海棠花拌沙拉，做果凍，更能保存原有的色香味。我

▲珊瑚秋海棠。

在製作秋海棠果凍後，又親手用秋海棠花做過好幾道中西大菜，真的發現秋海棠的花味酸色豔，加糖製成甜食，最是出色。但秋海棠花也與許多海鮮、水果、香草的滋味十分搭配，相得益彰，可以變化出許多迷人的菜肴。

那時我那些小株中國秋海棠的花朵，已經被我採完了。我立刻驅車苗圃去找大株的秋海棠。皇天不負苦心人，我跑了好幾家，竟在一家苗圃找到一株高達半公尺的「珊瑚秋海棠」，花開纍纍，一串串粉紅的花朵懸垂在片片綠葉之間，豔麗不可方物，足足夠我做好幾道大菜了。我毫不考慮地掏錢買了下來，種在我的有機菜園裡，準備邊看邊吃。

中國有一道潮洲菜，叫「梅子蒸鱖魚」，是用酸梅與鱖魚一起上籠清蒸的，食味清酸雋永。有些粵菜大廚，早就用秋海棠花取代酸梅，創製了「秋海棠蒸鱖魚」一菜，不但形象雅美，賣價也比梅子蒸鱖魚翻了好幾倍。我也如法炮製了一番，在美國買不到鱖魚，我便用鱸魚來取代，蒸好後飾以新鮮的粉紅秋海棠花，和碧綠的芫荽端上餐桌，一看就令人食指大動。那魚肉的鮮嫩，更在梅子蒸鱖魚之上。

後來我又參考了一些食譜，知道秋海棠花的滋味跟鮑魚也很協調。有一天中午，我終於成功做出一道「秋海棠拌鮑魚」，將它佐以花香馥郁，口感略甜的德國白葡萄酒（Gewurztraminer）當午餐食用。啊！那美好的食味真是千金不換呢！恐怕連法國總統都比不上我的口福。我幾乎一口氣把那盤鮑魚吃得一乾二淨，只留下三片給我老公當晚餐開胃小菜，結果他也吃得津津有味，讚聲不絕。

秋海棠拌鮑魚的做法簡單味美，省時省力。材料是鮑魚罐頭一罐、秋海棠花十幾朵，油、糖、鹽、蒜頭各適量。先將秋海棠花洗淨瀝乾，然後將鮑魚切片，蒜頭剁成蒜末備用。起油鍋，用素油將蒜末爆香，再加入鮑魚片略為翻炒，加糖、鹽調味，最後再撒下秋海棠花，共同拌炒一分鐘即成。

我又用「珊瑚秋海棠花」的花朵，做了一道美式的「秋海棠草莓沙拉」。這道花果沙拉的醬汁特別新奇味美，像是一首由蜂蜜、白醋、檸檬汁、檸檬皮所組成的音樂協奏曲，以法國龍蒿（French Tarragon）來畫龍點睛，突出了曲調的高潮。新鮮草莓、秋海棠花、檸檬、法國龍蒿……等食材，當然都來自我家的有機菜園。

我先去後院採了一顆高掛在樹上的金黃檸檬，將檸檬皮切成細絲，擠出檸檬汁，加入白醋、蜂蜜、檸檬皮拌勻。我去超市買了一顆奶油生菜，將菜葉洗淨瀝乾，一片片地排好圍在盤中。我又去菜園裡採了一些新鮮草莓，洗淨切片，撒在奶油生菜葉上。再採了秋海棠花、法國龍蒿，洗淨後放在最上面，再淋下事先配製好的沙拉醬汁，最後再加點鹽、胡椒調味。

單看那翠綠、金黃、鮮紅的外觀，這道秋海棠草莓沙拉就已經十分誘人。我舀了一勺，放入口中，啊！人生為何如此幸福！法國龍蒿的滋味像茴香，甜甜香香的，與蜂蜜、白醋、檸檬汁、檸檬皮協調無比，合組了一個夢幻絕美的味覺世界。我將草莓、秋海棠花、生菜葉沾著這奇妙的醬汁食用，那甜、香、酸、軟、嫩的多層次味覺，剎那間猛然衝上我的味蕾，並在我的鼻端迴繞交織著檸檬、蜂蜜、龍蒿不同的香氣。那種美妙獨特的味覺經驗，只令人覺得終身難忘！

龍蒿（Tarragon）是一種菊科的多年生草本植物，學名 *Artemisia dracunculus*，又稱香艾菊、狹葉青蒿、蛇蒿、椒蒿、青蒿、他拉根香草等，原產於西伯利亞和西亞。有些華人將它誤稱為「茵陳蒿」，其實是錯誤的。龍蒿經過人工栽培後，最優良的品種通常稱為「法國龍蒿」以和劣等的俄國龍蒿做區分。

阿拉伯人統治西班牙時期，龍蒿才被引入歐洲，是法國菜最愛使用的香草之一，最適合用來烹調雞肉、魚肉，與蛋類佳肴。龍蒿後來又引進美國，也變成了美國人最常使用的一種香草，在美國餐館中常可看到「龍蒿煎雞」（Grilled Tarragon Chicken）這道大菜。沒想到用來做秋海棠草莓沙拉，竟讓它的滋味更上層樓！可見美食的境界是永無止境的，很值得不斷研發與提昇。

至於秋海棠，若以產地區分，可粗分為中國秋海棠、西洋秋海棠兩種。中國秋海棠原產中國，品種很多，以種籽或分株繁殖，於十八世紀傳入歐洲。西洋秋海棠則原產南美洲，以塊莖（Tuber）繁殖，因此又被稱為「塊莖秋海棠」，在一八六五年時經由英國植物學家理查・皮爾斯（Richard Pierce）的推廣，而傳遍世界各地。

中國秋海棠在十八世紀時傳入歐洲，所以現在歐美也可以看到它們的芳蹤。西洋秋海棠花大複瓣而色彩繽紛：橘黃、金黃、橘紅、鮮紅、粉紅、雪白等色所在多有，與那纖細高雅，豔紅如血的中國秋海棠（Begonia Evannsiana）大異其趣。但它們都是秋海棠科秋海棠屬的植物，西洋學名*Begonia*的來源，是為了紀念曾任法屬加拿大總督的貝崗先生（Michel Bigon）對植物學的貢獻。

最後，我要提醒一句：無論是中國秋海棠或西洋秋海棠，花、莖、葉，都是可食的，中醫們還說它們有清熱、消腫的功能，可治喉嚨腫痛。在滋味上，秋海棠的莖葉清香微酸，不但可炒食，也可做湯羹，然而它們有輕微毒性，只能適量服用，不可服食過量。

▲秋海棠草莓沙拉的食材，
全部採自我家有機菜園。

美人蕉之戀

美人蕉常見於台灣的田野溪邊，因生長容易，品種不多，常被台灣人所忽略。然而在美國與中國大陸，美人蕉可是一種身價昂貴的花卉，品種極多，千姿百態，美不勝收。不但身姿優美，還可供食用、藥用，數美俱全。

美人蕉闊葉濃綠，花色明豔，中國明代的詩人皇甫汸就曾歌詠道：

帶雨紅妝濕，迎風翠袖翻；
欲知心不卷，遲暮獨無言。

描繪了美人蕉獨立於風雨中，含情脈脈的形象，儼若美人一般亮麗迷人。因葉似芭蕉，形貌妍美，而得「美人蕉」之名。

早期的台灣詩人李瑞杉曾將美人蕉，從廣東引進他的家鄉——台灣南投縣的南埔種植，觀賞兼藥用，結果長得茂密葳蕤，豔冠群芳。他曾寫了十首竹枝詞來歌詠美人蕉的美態，其中有一首竹枝詞〈田頭美人蕉〉深得我心：

朵朵紅雲映綠田，近看原是美蕉蓮，
生來麗質無胭脂，不慕城樓愛陌阡。

他種的顯然是大紅的美人蕉。他還說美人蕉喜歡新鮮的空氣和潮濕的土壤，多半密生於郊外的田邊水中，這大致是正確的。

我家後院的游泳池畔，就種了幾株橙花的「狀元紅」美人蕉，長得又大又美，可以從夏至開到秋末，與池邊的三株棕櫚樹相映成趣，令我覺得好像一下子飛到了加州的棕櫚泉（Palm Spring），或夏威夷的火奴魯魯（Honolulu）渡假似的，心曠神怡。美人蕉的闊葉冬季凋萎，但次年春天又會長出翠綠的新葉，結出新的花苞。而且植株會不斷地蔓延，從一小株逐漸地變成一大叢，數大便是美，看起來更是豔色驚人。

我五年前購買這個新居，有一半是為了後院那個游泳池。那真是我所見過的最美麗的游泳池之一：蓋在一個小山坡上，做成兩層階梯狀的「礁湖」（Lagoon），池緣以灰色岩石鋪成，上層礁湖是熱水的按摩池，下層礁湖才是冷水的游泳池，充滿了天然意趣。池水蔚藍，清澈見底，掩映在一片由棕櫚、紅木、白樺、櫸樹、橡樹所組成的小森林中，四季都有不同的景致。我每天清晨在那裡靜坐，打氣功，吸收日月精華，自覺變成了「湖畔詩人」。

我們剛搬進新居，正值寒冬，不適合下水游泳，我常在池邊靜坐，靜賞那湖光山色與林木之美。我開始覺得這個游泳池美則美矣，卻缺了點什麼。舊主在池邊種了一整片雪白的小雛菊，和淡紫的馬纓丹（Lantana），植株矮小，色彩黯淡，最好有些顏色鮮豔，身姿高挑的花朵來畫龍點睛。我本想種幾株玫瑰樹來點綴，又怕玫瑰花被鹿吃掉；本想種幾株九重葛，又怕九重葛不耐霜寒，冬天被活活凍死。

我後來靈機一動：為什麼不種些美人蕉呢？據說美人蕉為宿根花卉，多年生草本植物，高挑豔麗，容易繁殖，一小株就可以長成一大叢。而且植株強壯，不怕霜凍。前年夏天，正是美人蕉盛開的季節。我馬上驅車苗圃，一口氣買了三盆五加侖重的美人蕉，用盡吃奶的力氣把它們搬了回來，周末請

▲後院池畔妖豔的美人蕉。
◀紅色美人蕉。

老公挖了三個深達一公尺的洞穴，把它們環種在游泳池邊的山坡上，坡土頗硬，挖得他腰痠背痛。

結果我們的辛苦終於有了代價：那些美人蕉每株都長到一公尺以上，開花絡繹不絕，妝點了我們原本平淡無奇的後院。加州屬地中海型氣候，冬雨夏乾。炎夏時太陽熱得炙人，這時泡在游泳池水中觀賞美人蕉，真是賞心樂事一樁，暑意全消。有時我們一邊游泳曬太陽，一邊在池邊用瓦斯爐烤肉，游了幾圈後肚子正餓，這時烤雞腿剛好出爐，配上一杯用我家的檸檬現榨的冰檸檬汁，快活似神仙！

我細觀美人蕉的外貌，發現它真像《植物百科全書》所描述的：「全株綠色無毛，總狀花序頂生，花單生或呈雙對，花冠紅色。」據說美人蕉的花色其實有鮮黃、大紅、橙紅等，也有粉紅、乳白諸色。以紅花最常見，黃花次之，但黃花的最高，紅花的最矮。粉紅色的美人蕉花甚至可以在水中生長，後來我在附近的「懷洛麗」豪宅莊園，果真親睹種在水池中央的粉紅美人蕉，飄逸雅美如水中仙子。

據說美人蕉原產印度、南美洲、非洲諸地，因性強健，喜高溫畏嚴寒，對土壤的要求不嚴，幾乎在世界各地皆有栽培。常見的品種有葉片橢圓，花小，瓣片反曲，金黃柔軟的「柔瓣美人蕉」。有花大，淺黃至深紅色，常具條紋或彩斑的「蘭花美人蕉」。有葉大，花朵下垂，粉紅帶黃斑點的「垂花美人蕉」。植株粗壯，莖紫色，葉被面有紫暈，花鮮紅色，花小而少的「食用美人蕉」等。

另有一種名叫「狀元紅」的美人蕉，也就是我家種的那三株，蔓延極快，每株在一年內可以蔓延成七、八株，花朵碩大，花色鮮紅或橙紅，遠看似片片紅霞，近看如團團火球，十分美麗壯觀。清晨美人蕉初放時，花蕊中含有液體，稱為「甘露」，味甜如蜜，有一天我忍不住採了一朵來試飲，果然滋味清涼味美，怪不得花旁常吸引成群的蜂鳥來吸蜜，真是一種好吃、好看，又好玩的花卉！

所有的美人蕉除了觀賞外，還可以食用及藥用。食用美人蕉又名叫「蕉藕」，根多肉肥，既可以當主食，葉子也可以代替蔬菜，大火熱油，炒熟食用。美人蕉的塊根發達，味美可食，是延綿下一代的「早生貴子」高手！夏、秋季採收，除去莖葉及鬚根，鮮用或切片曬乾，不但可以煮食，也可以加工製成粉絲、粉條，是一種純天然的綠色健康食品。蕉藕既可做湯，又可做菜，色鮮味美。用蕉藕根加工製成的澱粉，出粉率在百分之二十左右，粉質潔白，黏滑可口。

去年初冬時，我家的狀元紅美人蕉花凋葉殘，我乾脆把一株美人蕉拔出來，果然看到底下有一塊頗大的塊根，洗淨後顏色潔白如薑，根鬚十分發達。我將蕉藕塊、雞胸肉切塊，加入蔥、薑、雞清湯、鹽、糖調味，創製了一道「蕉藕雞肉糯米飯」，風味佳妙新奇。我發現蕉藕蒸熟後，顏色會由白轉黑，貌似香菇，滋味則在蓮藕、馬鈴薯之間，搭配雞肉最清淡味美，也可以搭配豬肉、牛肉，滋味稍微濃重些。

中醫說：美人蕉花味甘淡，性寒，可以清熱利濕、解毒、止血。主急性黃疸型肝炎、白帶過多，跌打損傷、瘡傷中毒、子宮出血、外傷出血，也是一種非常有益的藥用植物。我創製的這道蕉藕雞肉糯米飯，據說就有補腎、清熱，和治療婦女白帶、紅崩的毛病。藥補不如食補，如此健康美食，吾人為什麼不多多益善，好好利用呢？

夢中的橄欖樹

——悼李泰祥

不要問我從哪裡來　我的故鄉在遠方
為什麼流浪　流浪遠方　流浪
為了天空飛翔的小鳥　為了山間輕流的小溪
為了寬闊的草原　流浪遠方　流浪
還有還有　為了夢中的橄欖樹　橄欖樹
不要問我從哪裡來　我的故鄉在遠方
為什麼流浪　為什麼流浪　遠方
為了我　夢中的橄欖樹

台灣的音樂大師李泰祥二〇一四年一月初，因多重器官衰竭，在睡夢中病逝於台北，享年七十三歲。他畢業於台灣國立藝專音樂科，主修小提琴，一九七四年擔任台北市交響樂團指揮，也跨界做電影配樂、廣告音樂、流行歌手創作，獲獎無數。一九七七年他與姚厚生等人催生「金韻獎」，隔年第二屆比賽結識得意門生齊豫，師徒合作首張專輯《橄欖樹》，從此一炮而紅。他一生留下無數經典音樂作品，除了《橄欖樹》外，還有《答案》、《錯誤》、《不要告別》、《旅程》、《你是我所有的回憶》、《一條日光大道》……等名曲，將永遠流傳人間。

李泰祥是一個不可多得的音樂奇才。他曾說過：「我把音樂當作生命的能量，我的血管裡流動的全是音符」，他因此能創作出風靡全球的名曲。他是個出身台東縣馬蘭鄉的阿美族，從小家境貧窮，五歲時才隨雙親移居台北大都會，開始了一生的流浪與飄泊。他音樂生涯的開端，來自於其父李光雄用兩把獵槍換來的一把小提琴。李光雄先生就讀台東高農時，曾為了賺學費替他的日籍老師幫傭，意外地獲得老師免費授琴的殊榮，也變成了兒子李泰祥的啟蒙師。李泰祥從小模仿父親拉小提琴，十二歲竟無師自通地學會音樂課本裡所有的曲子，十五歲獲得「文化促進會」小提琴比賽冠軍，也開啟了他一生璀璨的音樂創作生涯。

據說李泰祥在去逝前，就因甲狀腺癌病況惡化，住進了安寧病房，纏綿病榻兩個月，才從痛苦的人世解脫。他過世時還刻意露出難得的微笑，不希望別人為他流淚，這就是他的寬厚之處，也顯現了他的大師風範。據報載，他的胞弟李泰銘說：「我哥哥平常不常笑的，微笑就很難得了，加上這麼多的病痛掙扎，他還願意用笑容離開，不希望別人為他飆淚。」真是瀟灑地來，瀟灑地去，揮一揮衣袖，不帶走一片雲彩，去追尋他夢中的橄欖樹了。

李泰祥的逝世，象徵著台灣人「迷失的一代」（The Lost Generation）年代的結束，和落地生根時代的開始。記得在台灣的一九七〇年代，那首由李泰祥作曲，女作家三毛填詞，女歌手齊豫演唱的〈橄欖樹〉，就如烈火般不可抑遏地燃遍整個台灣，接著燃遍整個華人世界，幾乎每個華人都能隨口哼唱個兩句：「不要問我從哪裡來，我的故鄉在遠方。」〈橄欖樹〉那優美蒼涼的歌詞，悠揚哀傷的曲調，由齊豫那圓潤清亮的嗓音來加以演唱詮釋，意境淒美如夢，引起了每個台灣年輕人對遙遠世界的追求與嚮往，和接踵而來的洶湧留學潮。我也不自覺地被捲進其中，並造成了後來三十幾年的異邦飄泊，直到如今。

如今我已追尋到我夢中的橄欖樹，並嘗盡新鮮橄欖的甘辛滋味，但三毛和李泰祥都已棄世而去，齊豫也已淡出歌壇。我家中庭，長著一株搖曳生姿的老橄欖樹，四季常青，生生不息。黑烏油亮的橄欖果實都已採盡、落盡，灰綠的橄欖葉片卻仍不斷地隨風飄揚，如絲如縷，纏綿不絕。我當初因迷上了《橄欖樹》的旋律與歌詞，才硬著頭皮買下這棟擁有一株老橄欖樹的新居。我靜靜地望著那株老樹，心中感慨萬千：難道一條音樂奇才寶貴的生命，竟還比不上一株區區的橄欖樹嗎？

音樂和美食永遠是最好的精神慰療劑。近日來我常一邊聆聽著《橄欖樹》專輯，一邊猛啃著我所醃製的各式橄欖，追思著音樂大師李泰祥。《橄欖樹》融合了民歌和古典音樂的元素，並採用大量的管弦樂來編曲，造就了它獨特迷人的曲風，令人百聽不厭。我輕哼著它迷人的旋律，大口飲用著熱烈的西班牙紅酒，把自製的鹹橄欖一顆顆拿來下酒，鹹甘辛澀的繁複滋味在我的味蕾上一起爆發，那濃得化不開的西班牙風味，令我想起女作家三毛短暫而波濤起伏的一生。中式的甜橄欖則是我寫作時的零食，甜香微苦，苦中回甘，就像是李泰祥那苦樂參半的音樂創作人生。

這些自製醃橄欖的食材，都來自我家的那株老橄欖樹。那年正值大年，它十月時結了滿樹佳果，掉得滿地都是。為了不辜負上天恩賜的自然資源，我把那些尚未落地的新鮮橄欖果實悉數採下，上網參考了各式橄欖醃製法，決定把一半醃成中式甜橄欖，一半醃成西式鹹橄欖。次年舊曆年前，我在家裡開了一個小型的新春文薈，把那些自製西式鹹橄欖拿來待客佐酒，大家都說好吃。有一位曾留學西班牙的文友吃得尤其津津有味，她覺得比正宗西班牙醃橄欖美味多了，不過鹹也不過酸，吃了個精光。

其實在文學和音樂的意象之外，橄欖樹正是一種健康風雅的人間煙火。橄欖果實有著高度的食用價值，並富含鈣質和維生素C。根據維基百科全書，橄欖樹有兩種：一種是木樨科的橄欖，又稱「油橄欖」，原產於地中海地區，是木樨欖屬常綠喬木，主要用來生產橄欖油，也可以醃漬食用，我家的那株橄欖樹就屬於這一種。《聖經》故事中，曾用這種橄欖的樹枝作為大地復甦的標幟，後來西方國家才把它用作和平的象徵。

另一種橄欖，就是中國橄欖，通稱Chinese olive，是無患子目橄欖科橄欖屬植物，原產於中國南部地區，果實主要用作水果，微苦帶甜。又名「青果」，因果實青綠時即可供鮮食而得名。中國橄欖還被稱為「福果」，這是中國的海外華僑為它所起的名字，這說明了福州在中國歷史上橄欖產量最多，也表達了移民海外的華僑對鄉土（福州）的眷戀之情。

地中海油橄欖，以西班牙的品種最多。喜歡流浪、曾經留學西班牙的女作家三毛，才會寫下婉轉動人的〈橄欖樹〉一詩！西班牙人喜歡把橄欖醃漬成各式各樣的下酒小菜（Tapas）來食用，是西班牙小酒館的招牌菜之一。可是西班牙人實在不善於調味，把那些橄欖醃得不是太鹹，就是太酸，因此我才想要把它好好地改良一番，以適合華人挑剔的味蕾。

我家的油橄欖是橢圓型的，核小肉厚，口感滑軟。中國的青橄欖是紡錘狀的，兩頭大中間小，核大肉薄，口感清脆，兩者看起來大不相同。唯一的相同的是：它們新鮮時都有澀味，得加工去澀，才能醃漬食用！加州矽谷屬於地中海型氣候，油橄欖樹其實到處可見，有些街道甚至用來當行道樹。但橄欖樹結實不易，需栽培七年才結果，我家這株樹齡已有二十五年的老油橄欖樹的珍貴可想而知。橄欖樹成熟期在每年十月至十一月。新橄欖樹剛開始很少結果，每株僅生產幾十顆，二十五年後才顯著增加，多的可達幾百顆。橄欖的產量有大小年之分，因為橄欖樹每結一次果，次年一般會減產，休息期為一至兩年。

我現在嘴裡就含著一顆自製的中式甜橄欖，覺得心情愉悅，文思泉湧。醃橄欖製作其實非常簡易，就是要耐心等待。醃漬中式甜橄欖，要先用熱開水將橄欖果實燙過，然後用冷水浸泡一至二天，以去除酸味和澀味，再開始醃漬。浸泡橄欖期間，每三至四小時要換一次水。最後再將泡好的橄欖撈出瀝乾，加酸梅粉、冰糖醃泡，置放冰箱三個月以上，就可以取出品其佳味了。

至於西式的鹹橄欖，也是要先用熱開水將橄欖果實燙過，然後用冷水浸泡一至二天，以去除酸味和澀味，再開始醃漬。我的創新醃漬法是：除了用傳統的蒜末、橄欖油、義大利陳年葡萄醋（Balsamic Vinegar）、鹽來調味外，我還採用了自家菜園裡栽培的新鮮牛至葉（Oregano）來添香，並加少許白糖來中和橄欖的苦味，再醃泡兩個月以上，才拿來下酒食用。

中國橄欖樹在美國很少見，它的葉片像月桂葉，較大也較厚。地中海油橄欖樹的葉片形狀則要細長許多，質地也比較單薄些。中國橄欖有二千多年的栽培歷史，經過長期自然和人工的選擇和馴化栽培，形成了眾多的遺傳資源，後代又有極大的變異。目前中國橄欖品種，主要有白欖和烏欖兩種，雲南等地尚分布有少量的野生種。

根據《開寶本草》的形容：「中國橄欖，其樹似木梭子樹而高，端直，

▲西式醃橄欖

其形似生柯子無稜瓣。生嶺南，八月、九月採。又有一種名波斯橄欖，色類亦相似，其形核作二瓣，可以蜜漬食之，生邑州。」嶺南就是現在的廣東，邑州就是現在的廣西南寧。這裡所說的「波斯橄欖」，或許指的就是地中海油橄欖吧？《開寶本草》一書，是在宋朝開寶六年（九七三），由「尚藥奉御」劉翰、道士馬志，翰林醫官翟煦、張素、王從蘊、吳復圭、王光祐、陳昭遇、安自良等九人所編著而成的。如此說來，中國在西元十世紀時，就已經開始栽培地中海油橄欖了。但卻沒人想到要把它榨成健康的橄欖油來烹調，而只想到要將它用蜂蜜醃漬當零食吃，可見中西飲食文化的不同。

如果你也喜歡聽《橄欖樹》的話，就在家裡試種一株橄欖樹，嘗嘗自製醃橄欖的風味吧！如果音樂是一場精神的饗宴，那美食就是一種感官的享受了。將精神和感官合而為一，身心交融，才能成就一個完美的人生境界。

無花果頌

我家有兩株不同品種的無花果樹，優雅的樹姿和甜美的果實，不時讓我感激大自然的恩賜。有一株無花果樹野生在我家後院的森林裡，樹株高大，初夏就結出修長碧綠的果實，果實對生，當果色逐漸從碧綠轉成金黃時，果實就變得柔軟清甜了，不時有鳥兒來啄食，只要我稍不注意就被牠們捷足先得，令人跌足不已。

另一株是我特地從苗圃買來的「矮種無花果樹」，是植物學家改良成功的，樹型矮小，只有一公尺高，便於採果，伸手可及。我將它種在前院，每年夏末結果，密生在樹上，密密麻麻的有十幾顆。當果實逐漸由綠變紫時，紫紅圓潤，魅惑誘人，滋味也更為甜美，有幾個長得稍低靠近地面的，居然被螞蟻啃掉一大半呢！這也就是適合做著名的義大利開胃菜「無花果火腿」（Prosciutto the Fig）的上好食材！

我後來參考了《植物百科全書》，才知道無花果本來就有好幾個品種：一種是「早熟黃種」，果實長卵圓型，果皮果肉皆黃，夏初（七月上旬）結果，夏末（八月中旬）成熟，就是野生在我家後院的那一株，平時並不常見。還有一種是「晚熟黃種」，果型小，果柄短，果皮黃色，果頂不易裂開，八月下旬才開始成熟，在加州超市中常可以買到。

無花果也有紫紅色的，通稱為「紅種無花果」，葉型如葡萄，果子球型，果頂較易裂開，果皮淡紫紅，果肉乳白，八月中旬才開始成熟，甜度較低。矮種無花果葉型相同，果實紅褐，果肉則為粉紅色，但秋果九月上旬才能成熟，果味濃甜，就是我家前院的那一株。

無花果並非不開花，只是它的花很小，隱藏在肥大的花托內側，外表看不到而已。我們平時所食用的無花果，就是它肥大的花盤。如果你想看到無花果的花，請在初夏時用小刀把無花果的小果實切開，便會看到密密麻麻的白色小花。如果用植物學的名詞來說：無花果其實是一種「隱形花」。

無花果在地中海沿岸國家的傳說中，被稱為「聖果」，是祭祀時的用品之一。而在《聖經》當中，也有一段對無花果的描述，相傳亞當與夏娃在偷嘗禁果後，赫然發現彼此身體的裸露，在羞愧的情況下，便摘取無花果樹上的葉子，遮蔽裸露身體的重要部位，可見無花果早在數千年前，就已被發掘與記載。加州的無花果，最早就是由地中海地區傳入。

▲晚熟紅種無花果。

▲羅馬名菜：新鮮無花果與風乾火腿。

據此可知：無花果是一種歷史極為古老的樹木，幾乎與人類的歷史同樣的久遠。它原產阿拉伯南部，大約在三千年前，才由地中海沿岸的居民引進栽植，古埃及金字塔中，留有收穫無花果的壁畫殘片。在美索不達米亞的古墓，也挖出距今四千年前的無花果石刻圖案，和無花果治病的方劑。

中國栽植無花果最早始於唐代，大約在唐代前後與扁桃、阿月渾子（開心果）、榲桲等經由絲路，同時引入中國。段成式在《酉陽雜俎》一書中有載：「波斯國呼為阿驛。拂林（羅馬帝國）呼為底珍。樹長四、五丈，枝葉繁茂，有叉如蓖麻。無花而實。」到了明代，中國人才開始稱之為「無花果」，出處在明人朱橚（一三六一—一四二五，明太祖朱元璋第五子）所著的《救荒本草》中：「無花果生山野之中，今人家園圃中亦栽。」

由於無花果喜歡溫暖、乾燥、排水良好的砂質壤土，和充足的日曬，而害怕寒冷的氣候，所以適合在中國南方和新疆南部栽植。新疆的阿拉什，甚至有「無花果之鄉」的美稱。而在地中海氣候的加州，無花果也長得亭亭玉立，結實纍纍，是美國無花果的重要產地之一。經過現代醫療科學的研究發現，無花果具有極高的醫療保健價值，一般人通常卻只把它曬乾當零食吃，實在可惜。如果大家平日都能把它當成水果或蔬菜食用，對身體健康將極有幫助。

無花果富含氨基酸、維生素、微量元素、酵母素，以及大量對人體有益的多醣、食物纖維、果膠等。果實主要含果糖、葡萄糖，所含的維生素中，以維生素C含量最高，為橘子的二點三倍，桃子的八倍，葡萄的二十倍，梨子的二十七倍。值得一提的，是無花果的果實和葉片中，含有豐富的礦物質，特別是人體必須補充的微量元素硒。尤其，含有SOD酶等多種酶類，具有養顏美容作用，而且完全不必施用農藥，就能長出可口漂亮的佳果。果實又風味新穎，口感極佳，實在是一種不可多得的天然有機食品。

我因為家裡擁有這兩株寶貝無花果樹，很幸運地在每年夏、秋兩季都有新鮮的無花果可吃。秋天時這些新鮮無花果全吃光了，我才開始吃無花果乾，不但當零食吃，也把它拿來做成各色佳肴。粵菜中本就有「花旗蔘無花果蜜棗豬骨湯」一菜，我把它改良簡化，發明了「無花果杏仁排骨湯」，和「無花果紅酒紅燒肉」等家常菜色。

無花果杏仁排骨湯的製作很簡單，只要將排骨燙去血水，在另一鍋清水中加入無花果乾、南北杏若干，以慢火燉一個半小時即成，湯味清甜滋潤，很有營養。無花果紅酒紅燒肉，則是一道很適合冬天節慶品嘗的肉菜，端上桌來香噴噴、紅汪汪的，煞是好聞好看。食材是豬里肌肉、無花果乾、洋蔥、紅葡萄酒各若干，做法也不難。先將無花果乾泡軟，洋蔥切絲，然後在鍋中放油燒熱，以洋蔥絲爆香豬里肌肉，再加入適量的紅酒、醬油、鹽、糖調味，同燉片刻，就是一道香濃味美的節慶佳肴了！像無花果這般可生吃可入饌的養生佳果，如何能叫人不愛呢？

萬壽菊

萬壽菊原產墨西哥，大約在清初傳到中國，再由中國傳到台灣。傳說十六世紀中葉，此花從國外傳到中國南方，人們不知其芳名，只見它每年從秋到冬開花，呈瓣形，似菊，且花色美麗，因其花葉又有一股臭味，故稱其為「瓣臭菊」。

據說有一年秋天，有位縣太爺做大壽，管家為增添氣氛，在大門口擺上兩列盆花，頓時黃綠交輝，耀眼異常。縣太爺見之大喜，問道：「這叫什麼花？」管家笑答：「瓣臭菊。」誰料縣太爺誤聽了，眉飛色舞地稱讚道：「啊！萬壽菊，好呀！好呀！」從此，萬壽菊之芳名便不脛而走，廣為流傳。

萬壽菊葉綠花豔，人們喜歡用它綠化、美化環境。逢年過節，特別是老年人壽辰，人們往往都以萬壽菊作禮品饋贈，被視為「敬老之花」。

在我幼時台灣的萬壽菊品種很少，通常是金黃複瓣的，花葉都有臭味，因此被稱為「臭菊」，人人避之唯恐不及。長相美麗的女子，被誇稱為「白牡丹」；長相醜陋又喜自誇的女子，就被號為「臭菊仔」。我成年後剛到美國留學定居時，卻常見園友將萬壽菊種在菜園中，說它的臭味可以驅蟲，我有樣學樣，果然發生不少效果。它那鮮豔的花色，對菜園也有裝飾的效果。

萬壽菊非常容易栽植，只要陽光充足，水分夠，無論在如何貧瘠的土地上都可以生長，而且花期很長，每年可由五月開到十一月，長達半年。唯一的遺憾是：它是一年生草，冬天會枯死，來年春天還得再重新栽植。同時我也發現美國的萬壽菊品種很多，除了金黃色的外，還有深紅、橙紅、橙黃……諸色。形狀除了單瓣的外，還有複瓣、絨球之分；而且它們不完全是臭的，還有芳香的品種，種在菜園裡亮麗繽紛，令人心情愉悅，神清氣爽。

萬壽菊含有豐富的葉黃素。葉黃素是一種廣泛存在於蔬菜、花卉、水果與某些藻類生物中的天然色素，它能夠延緩老年人因黃斑退化而引起的視力退化和失明症，以及因機體衰老引發的心血管硬化、冠心病和腫瘤疾病。美國從二十世紀七十年代起就開始從萬壽菊中提取葉黃素，最早是加在雞飼料裡，可以提高雞蛋的營養價值。葉黃素還可以應用在化妝品、飼料、醫藥、水產品等行業中。國際市場上，一克葉黃素的價格與一克黃金相當，珍貴無比。

我不禁想著：萬壽菊是菊科植物，既然菊花可食，可製菊花火鍋、釀菊花酒、泡菊花茶，那萬壽菊是否可以如法炮製呢？我上網一看，萬壽菊的食譜還不少，因為它自古被視成藥用植物。最簡單的是用萬壽菊的葉子泡萬壽菊茶，只要在杯中放入一片萬壽菊葉，再沖入約攝氏八十度的沸水，萬壽菊葉的香甘之氣，就會緩緩地在沸水中釋放，茶水喝來止渴回甘。玲瓏的綠葉在水中載浮載沉，看起來賞心悅目。

萬壽菊花朵的用途更多，可燉成糖水，也可入菜。萬壽菊糖水，據說可以清熱、化痰、止咳，我做來一試，果然滋味甚佳。材料是萬壽菊（金菊）十五克，清水五百毫升，白糖適量。只要將萬壽菊洗淨，加清水煎煮，待水煎至兩百五十毫升時，去渣，加白糖調味，即可飲用緩解支氣管炎。

我還用萬壽菊來炒蛋、涼拌豬肚絲、做果凍，滋味無不佳妙，是很適合家常食用的菜肴跟點心。我用的食材是有香味的複瓣橙紅萬壽菊，先將萬壽菊洗淨，剝下瓣片，瀝乾備用。炒蛋時將兩個雞蛋打勻，調好鹹淡，再放入

▲芳香萬壽菊可供食用。

萬壽菊花瓣同拌，再下鍋炒熟，即成。炒蛋帶著一絲萬壽菊的芳香，吃起來十分開胃可口。

萬壽菊涼拌豬肚絲，有去腥添香的效果。先將豬肚煮熟切絲，加入萬壽菊花瓣，酌加芝麻油、糖、鹽調味即可，裝盤時以萬壽菊花葉為飾。只見那原來有點醜怪的豬肚絲，在美麗的萬壽菊烘托下，顯得雅致萬分。萬壽菊果凍的做法，與秋海棠果凍相似，先將萬壽菊花瓣以適量的熱水熬煮片刻，讓美麗的花色溶入水中，再加果凍粉做成凍子。凝固的萬壽菊花凍花色瀲灩如酒，令人食指大動。

▲萬壽菊葉可泡茶。

說真的，美國人甚至還有用萬壽菊來釀酒的！據說酒味芳香，釀法有點複雜，不怕麻煩的可以一試。萬壽菊酒原料如下：萬壽菊花瓣（一夸特）、金黃葡萄乾一磅、白糖兩磅、中型橘子一個、清水（七品特）、酵母營養劑（一茶匙）、酒麴一包。做法是先煮沸清水，將白糖融化成糖漿。將橘子剝皮，橘皮切碎，橘瓣擠出汁來。將萬壽菊花瓣、切碎的葡萄乾、橘皮同放在尼龍袋中，放入酵母營養劑，並澆上沸水，靜候置涼。等涼到室溫時，再加進酵母發酵。蓋上混合液，每天用手擠尼龍袋兩次五至六天，使其出味。最後將尼龍袋擠乾丟棄，靜置過夜。然後將酒液裝瓶，蓋上氣鎖，讓它繼續發酵。三十天後將酒瓶翻轉，使其頭上腳下，放在酒架上。六十天後，再重複一次。將其放在陰冷處四個月，就可以喝了。酒味清爽，酒色濃灩，喜歡喝甜酒的可以加糖飲用。

萬壽菊本是一種微賤的花卉，製成這些高檔的佳肴美飲後，不知不覺把它的身分地位提高了！

蘋果的滋味

我從小就愛吃蘋果。除了蘋果鮮紅光澤，芳香四溢外，也因蘋果的滋味的確美好，甜脆多汁，滿口生香，令人捨不得一下子吃完，只想留在口中慢慢地咀嚼回味。

在一九五〇、一九六〇年代的台灣，吃蘋果是一種「富裕」和「身分」的象徵。你只要讀過台灣國寶級作家黃春明的短篇小說《蘋果的滋味》，就可知此言非虛。他說：「一顆蘋果可抵四斤米」，台灣當時一個中級公務員的月薪不過三千多台幣，而一個「金星五爪蘋果」（Red Delicious）就要一百台幣，可見其珍稀昂貴。「吃蘋果」滿足了當時普遍清貧的台灣人微妙的崇洋心理，好像就一下子飛到了黃金國度——美國去淘金一般，身分地位

▲盛開的蘋果花。

也跟著水漲船高。

總之，對舊年代的的台灣人來說，蘋果是一種莫大的誘惑。吃蘋果給我們的快感，絕不於亞當與夏娃當年在伊甸園中的偷食禁果。那時我們所吃的蘋果，多半是從美國華盛頓州進口的金星五爪蘋果，只有逢年過節親友來送禮時才吃得到。爸媽一定會先拿來祭拜過祖先一個禮拜，才捨得撤下來讓我們食用。

幼時在我娘家「吃蘋果」，像是在舉行某種神聖的儀式。媽媽通常會先將蘋果慢慢洗淨，再用水果刀熟練地一圈圈削去果皮，好像在表演特技似的。她最後再將蘋果切成平均的九等份，分給我們食用。我們家有七個兄弟姐妹，加上父母兩人，一共九人，每人才分到一小塊蘋果，只不過淺嘗個味道而已，結果往往是愈吃愈饞，搞到兄弟姐妹吵架，硬說自己分到的那一塊比較小，哭著說媽媽偏心……等等。那股無法飽饜蘋果的饞勁，饞到讓我發誓如果我有一天發財了，一定要每天大啖蘋果的地步。

那時我萬萬沒想到：有一天我居然會飄洋過海，來到美國一住三十幾年，從初始的大啖蘋果，到目前吃蘋果吃到發愁，不知如何是好的地步。美國蘋果的種類非常多，至少有幾千種。超市最常見的蘋果，除了鮮紅欲滴的金星五爪蘋果外，還有綠中泛黃的「金冠蘋果」（Golden delicious），黃中泛紅的「嘎拉蘋果」（Gala apple），紅中帶綠的「麥金泰蘋果」（Mackintosh apple），青翠欲滴的葛蘭妮・史密斯蘋果（Granny Smith），和由日本傳入的富士蘋果（Fuji apple）……等，五光十色，美不勝收。我覺得富士蘋果是蘋果中最美味的一種，皮薄肉甜質脆，又不像金星五爪蘋果皮上老打著一層油蠟，吃多了容易引起過敏。

美國蘋果最便宜的，是小型的金星五爪蘋果。一九七〇年代末期，我剛到美國留學時，小型的金星五爪蘋果一大袋只有二至三美元；到了二〇一〇年代，一大袋也不超過五美元，是窮人的恩物，蘋果的身價在我心中頓時一落千丈。但我還是喜歡蘋果的美味，當窮留學生時，每天必定要吃上兩顆蘋果解饞，以滿足我對蘋果長久的渴慕之情。美國俗諺云：「每天吃一個蘋果，百病不侵。」（An Apple a day, keep the doctor away），這麼健康、物美、價廉的水果，怎能不加倍利用？

至於外子狂吃蘋果的下場，則有點不幸。他留學紐約上州的康乃爾大學（Cornel University）攻讀材料科學博士，正是美國蘋果的盛產地之一。當年著名的學者胡適先生去康乃爾大學攻讀農學博士，就是專門去研究改良蘋果的。那時外子每天簡直把蘋果當飯吃，結果不到幾年就得了一種怪病——水果酵素過敏症，只要一吃蘋果，馬上喉嚨發癢，呼吸困難；後來連吃李子、杏子、桃子、草莓、藍莓、櫻桃、梨子、無花果……等得連皮吃的佳果，也有類似反應。換言之：所有我愛吃的水果，他一律不能吃。

「水果酵素過敏症」是一種免疫系統的疾病，無藥可醫。我們結婚後的三十五年來，他都只能吃香蕉、鳳梨、哈密瓜、柑橘、番木瓜、西瓜……等得剝皮進食的水果，人生乏味得很。這也苦了我這個主中饋的家庭主婦，每去超市我除了買我愛吃的水果外，還得買一些他能吃的水果。這些水果又特別的重，只提得我膀子發酸，眼冒金星。

我想水果酵素過敏症的來源，是美國果農栽植水果時，大量噴灑農藥和化學肥料的緣故。尤其是金星五爪蘋果皮上，為了增加賣相，往往在果皮上再打一層油蠟，最容易引起過敏。我多年來一直孜孜不倦地在後院裡有機栽植果樹，就是想改善外子的水果酵素過敏症。皇天不負苦心人，他最近吃我有機栽植的蘋果只感到喉嚨微癢，不再呼吸困難；鮮食可時以淺嘗，煮熟時可以大啖，真使我充滿了成就感。

我幾年前搬新家後，發現舊主在後院的小山坡上種有兩株蘋果樹，一株是紅中帶黃的嘎拉蘋果，一株是碧綠泛黃的金冠蘋果，簡直欣喜欲狂。這兩株蘋果樹樹齡都有二十年以上，每逢初春三月，便開出滿樹雪白的蘋果花（粉紅的蘋果花通常不結果），純潔可愛。中秋十月時結出滿樹佳果，每株有上百顆之多，鮮紅、碧綠、金黃的蘋果光澤，照亮了黯淡的小山坡。

嘎拉蘋果原產紐西蘭，一九七〇年代被引進美國栽植，十分成功，如今

▲自家栽種的金冠（上）和嘎拉（下）蘋果。

芳蹤遍布全美。這是一種極好吃的甜點蘋果，不但可以鮮吃，也適合烘烤成各種甜食。果色為金黃，帶有粉紅或紅色的條紋，外表光豔照人，據說是由金星五爪蘋果，和一種名叫 Kidd's Orange Red 的蘋果雜交而成的佳果。果肉味道甜美爽脆，帶著一絲可口的酸味，也是我愛吃的蘋果之一。如今竟不勞而獲地擁有一株，怎能不欣喜欲狂？

金冠蘋果果味甜中帶酸，也是一種適合鮮吃的水果，也適合烘烤成餡餅，或做成各色沙拉食用，或做成蘋果醬，沾著豬排或烤雞進食，滋味皆美。成熟的金冠蘋果綠中泛黃，有些還帶著粉色的腮紅，外觀迷人，果味甜度較高；不太成熟的金冠蘋果是淺綠色，並帶有明顯的酸味。我通常將這些較酸的金冠蘋果，做成美國名菜「華爾道夫沙拉」（Waldorf Salad）食用。做法不難，滋味清爽酥脆，健康養生。

美國傳統的「華爾道夫沙拉」據說源於紐約市的豪華旅館「華爾道夫酒店」（Waldorf Astoria），因而得名。這道沙拉的做法是：先將半個雞胸肉煮成九分熟，用手撕成細絲備用。再將西芹切塊，在雞湯中略燙備用。然後將核桃仁烤熟，一起和切塊的新鮮金冠蘋果混合，再拌入適量的美乃滋、白糖，下墊以生菜葉即成。我覺得金冠蘋果的味道稍微酸了些，有一次改用嘎拉蘋果來製作，結果滋味更美，在視覺上紅、綠、白相映，也更有美感。

至於稍酸的金冠蘋果，我發現用來燉排骨湯，或牛尾湯最是美味。我燉蘋果排骨湯，通常會加入幾粒南北杏潤喉。那天然的蘋果酸甜之味，不但軟化肉類的纖維，消油解膩，而且為湯增添了蘋果的清香。加了蘋果後，燉排骨湯只要半小時（一般要一小時），燉牛尾湯只要三小時即軟爛可食（一般要五小時）。我燉蘋果牛尾湯時，通常還加入高麗菜、洋蔥、胡蘿蔔、西芹、月桂葉增味，滋味比番茄牛尾湯要清鮮得多。

紅中帶綠的麥金泰蘋果是美國人最常吃的蘋果。因此美國的蘋果電腦公司（Apple Computer）就把他們的個人電腦，命名為Mackintosh。麥金泰蘋果在一八〇〇年代，最早由加拿大人約翰・麥金泰（John McIntosh）培植成功，後來傳入美國東部栽植，長得滿坑滿谷，主要產地就是我曾了住了十年的紐約上州。麥金泰的滋味甜酸參半，不太適合鮮食，比較適合用來做開胃沙拉，或加糖做成烤蘋果、蘋果派等食用。

綠皮白肉的葛蘭妮・史密斯蘋果，源自澳洲。特點是硬脆而酸，帶有特殊的清香。我年輕時愛吃，每當參加聖誕派對後進食過量，就吃一顆葛蘭妮・史密斯蘋果幫助消化。現在卻有點吃不消了，因為太硬太脆，太傷胃了。因此美國人通常將它烤成蘋果派食用，而且比用麥金泰蘋果烤製的還美味。

從吃不起蘋果，到變成吃蘋果的專家，我的人生已不知不覺地流逝了半個世紀。從台美兩地蘋果價格的差異，我領略到食物的價值是相對的，不是絕對的。我親眼目睹蘋果從貴族變成平民的落差，不但不再著迷於蘋果的滋味，反而懷念起台灣的芒果、荔枝、木瓜、番石榴的鄉土味覺來。「物以稀為貴」，真是自古顛撲不破的真理啊！

南瓜花與南瓜

有一年夏天，為了水土保持，我在後院土壤貧瘠的上小山坡上，種了三株美國南瓜（Pumpkin），全部有機栽植，不施肥也不噴農藥。沒想到那三株矮小的有機南瓜植株，居然生長迅速，不久後就像吹氣般地蔓延開來，纏綿蜿蜒地爬滿了原本枯黃的山坡。那些碧綠肥大的瓜葉亭亭如荷蓋，遮住了乾褐的土壤，葉叢中還不時點綴著一朵朵燦爛的黃花，每天愉悅著我的心靈。

在我的觀察下，南瓜藤蔓的生長速度極快，有時一天能長出一公尺左右，而且開花特別多。我那三株南瓜藤一天可以開出二十幾朵花來。其中有雌花，也有雄花，花色都金黃耀眼。可惜南瓜的雄花多，雌花少，因此結果量偏低。雄花和雌花很好辨識：雄花只是一朵黃花而已，花朵下什麼也沒有；雌花的黃花下，還連著一個迷你的小圓瓜，清晰可見。

南瓜只有少數雌花會結果，其他大量雄花都只是擔負著傳粉受精的任務而已。幸好美麗的南瓜花不僅外貌嬌美，營養價值也豐富，味美可食。夏日炎炎時，我每天採下南瓜雄花來烹煮食用，創造出一道道健康可口的美食。

▲日本南瓜粉蒸排骨。

據說南瓜花含有維生素、纖維素、胡蘿蔔素、蛋白質、澱粉等成分，炒食或做湯俱可，色香俱佳。最有營養的就是南瓜花粉，含有豐富的蛋白質、胺基酸、脂肪、糖、維生素B群和酶類，是兒童和老人最理想的天然保健食品。年輕人吃了，當然加倍精力充沛，神清氣爽啦！

南瓜花通常清晨開放，午時開始閉合。我總在正午採下十幾朵半閉的雄花，有時清炒，有時油炸，有時煎烤，滋味無不佳妙動人。南瓜的花粉中含有大量的糖分，有時只放點蔥、油、鹽來清炒，滋味就甜柔雋永，叫人停不了筷子。

有時我打兩個雞蛋，攪成蛋液，再放入幾朵南瓜花、紅椒、蔥花、鹽拌勻，下油鍋用中火將兩面慢慢煎黃，成為一張色香味俱全，金黃膨鬆的蛋餅，這就是我自創的「南瓜花烘蛋」了。那張香噴噴的蛋餅內裹著甜嫩的南瓜花，配著白米飯，是一頓美味的夏令午餐。這些南瓜花天天採之不盡，食之不足，令我覺得無比的富足與幸福！

過了中秋，我家的三株有機南瓜藤葉就開始逐漸枯黃，並收穫了一個漂亮的小南瓜。我如獲至寶，趁它還鮮嫩時趕緊採下，先供在廚房裡觀賞幾天，再拿來祭五臟廟。這個小南瓜個頭雖不大，卻有說不出的玲瓏可喜：瓜皮橙紅中微泛金黃，均勻分布著清楚的稜線，襯著枯黃的瓜蒂，像是一個大自然的傑作。

我一向喜歡吃南瓜。南瓜含有豐富的醣類和澱粉，味甘適口，既可當糧又可當菜。老南瓜只能熬粥和煮食，嫩南瓜卻可以炒來當菜吃。台灣南瓜滋味甜糯，「南瓜炒米粉」就是台菜中的一絕。南瓜子又含有豐富的脂肪油和蛋白質，炒熟食用後香酥可口，可說全身是寶。

美國南瓜外貌橙紅方圓，通常果實成熟時才採收，可以長得極大。肉質雖然綿密，滋味卻沒有台灣南瓜的甜糯，另有一番不同的風味。我將今年收穫的那顆寶貝有機南瓜切塊，只以素油、蔥花、鹽清炒，沒想到瓜肉居然軟中帶脆，瓜香清郁雋永，是非常令人著迷的味覺經驗。

為什麼美國南瓜的滋味，就沒台灣南瓜、日本南瓜，或印度南瓜來得甜糯呢？好奇心重的我因此做了一番研究，這才發現它們品種不同。原來世界上的南瓜分成五大類：中國南瓜（*C. Moschata*）、美國南瓜（*C. Pepo*）、印度南瓜（*C. maxima*）、黑子南瓜（*C.ficifolia*）及墨西哥南瓜（*C. mixta*）等五種。它們都是葫蘆科一年生的草本植物，夏初開花，花單性，雌雄同株。既耐高溫又耐乾旱，因此世界各地都有栽培。

中國南瓜肉質粉嫩甜美，原出南番，又名番瓜、飯瓜等，顏色或綠或黃，台灣的「金瓜」也屬於這一類。台灣於一八八〇年代由中國福建等地，引進這種南亞品種的南瓜，又於二次大戰後，陸續引進美國南瓜和印度南瓜。其中以果實形似木瓜的「鳳凰」，為台灣最普遍栽種的品種，外皮青綠，果肉金黃，與美國南瓜大異其趣。

美國南瓜其實種類極多，外貌鮮麗多彩，有綠、黃、紅、白、褐、橘諸色；外型多變，有大有小，有長有圓，也有葫蘆型的。但多半果肉粗鬆，外

▲美國半月灣市的「南瓜節」，各色南瓜大集合。

皮堅硬，只適合觀賞，不太適合食用。最常供食的是一種通稱為pumpkin的圓形橘色南瓜，也是我所種植的品種。

美國人喜歡將這種嫩南瓜絞碎成泥，做成奶油南瓜濃湯（Cream of Pumpkin Soup）食用，是一道很美味的秋令美食。他們也喜歡將南瓜泥加糖、肉桂粉拌勻，烤成南瓜派（Pumpkin Pie）當點心，是感恩節大餐不可或缺的甜點。我入境隨俗，有時也在家中製作品嘗，真是其味醰醰，回味無窮。

美國的老南瓜則可以雕成美國萬聖節（Halloween）的南瓜燈來觀賞，是萬聖夜最廣為人知的象徵。美國萬聖節在每年的十月三十一日，當晚美國小孩都會穿上化妝服，戴上面具，挨家挨戶收集糖果，有的還趁機搗蛋，真是既可愛又可厭。還有不少美國家庭特意在南瓜上刻著嚇人的面容，並擺放在家門口的階梯上，目的是想嚇走惡魔鬼怪。我年輕時覺得新奇有趣，現在卻嫌吵嫌煩，通常閉門謝客，再也不來這一套了！

舊金山市附近的半月灣市（City of Half Moon Bay）臨太平洋，濕潤的海風使植物長得葳蕤茂密，鬱鬱蔥蔥。當地除蘭花園、玫瑰花園外，到處都是綠油油的南瓜園，每年十月結出一顆顆橙紅的大南瓜，因此有「世界南瓜之都」的美名。該地每年盛產三千噸南瓜，遠銷世界各地。每年十月，半月灣市必定舉行「南瓜節」（Pumpkin Festival），以資慶祝，我曾去參觀過。南瓜節日上，會出售南瓜薄烤餅、南瓜派、南瓜奶酪蛋糕及其他美食，有吃南瓜派、刻南瓜的各色比賽，並販賣各類慶祝南瓜豐收的手工藝術品。

其實，我最喜歡吃的還是自己種的南瓜，既可吃瓜，又可吃花，一舉兩得。在飽嘗我自己所種的有機南瓜花與南瓜後，我最大的收穫是：我終於驗證李時珍《本草綱目》中所言：

南瓜……四月生苗，引蔓甚繁，一蔓可延十餘丈……其葉狀如蜀葵而大如荷葉；八、九月開黃花，如西瓜花，結瓜正圓，大如西瓜，皮上有棱如甜瓜……其色或綠或黃或紅……其肉厚色黃，不可生食。

真是不經一事，不長一智。

瑪瑙石榴

石榴是屬於石榴科的一種果實，主要有瑪瑙石榴、粉皮石榴、青皮石榴、玉石子……等不同品種。我很幸運地在家園中種了一株美麗的瑪瑙石榴，不禁要為文以記。成熟的瑪瑙石榴皮色鮮紅，粉皮石榴皮色粉紅，青皮石榴皮色綠中帶紅，外觀以瑪瑙石榴最為美麗，最具觀賞價值。它們成熟時都會裂開，露出裡面晶瑩如寶石的種子，酸甜多汁，吃著雖麻煩，滋味卻令人回味無窮。石榴因色彩鮮豔、子多飽滿，常被用作喜慶水果，象徵多子多福，子孫滿堂。石榴成熟於中秋、國慶兩大節日期間，是饋贈親友的喜慶吉祥佳品。

石榴不但花美，果實亦美，一向為我所喜。何況石榴圓渾多子，一向是富貴團圓的象徵，「天棚魚缸石榴樹，先生肥狗胖丫頭」，就是描述老北京胡同殷實人家的經典之句。因此我四年多前搬進新居不久，就去專業苗圃買了兩株枝葉繁茂，約有一公尺高的石榴樹苗回家，雖然每個花盆有五加侖（一加侖級四點五四公升）重，每株石榴價格將近五十美元，搬得我腰痠背痛，我還是種得樂不可支。

時值夏末，那兩株石榴樹紅花已謝，亦未結出任何果實。我興沖沖請園丁將它們種在半天日曬的前院右側的斜坡下，勤於灌溉，眼前已隱然出現次年夏天紅花滿樹，秋天丹果纍纍的美景。沒想到它們卻日見萎黃凋零，葉子一片片地掉落，兩個月後終於壽終正寢。我傷心地請老公把它們挖了出來，種回原來的花盆裡，送到苗圃去退貨。那家苗圃的服務人員不但很有信用地退了款，還告訴我石榴樹喜歡乾燥的天候和大量的陽光。死因是日曬不夠，兼澆水太多，把樹根給泡爛了。

我這才想起來：「人往高處爬，水往低處流」，我那兩株石榴樹被種在斜坡下，等於每天澆了好幾倍的水，怪不得會活活淹死。因此不久後，我還是心有未甘地買了一株只有二十公分高的矮種石榴回家種植，決心再做一次實驗。我這回學乖了，把它種在後院平坦的菜園裡。那裡全天陽光燦爛，每星期自動灑水兩次，結果那株小石榴樹長得翠豔可人，次年（四年前）五月

▲瑪瑙石榴花盛開——五月榴花紅似火。

便開出滿樹橙紅的花朵，把我的眼睛都給照亮了，真是「五月榴花照眼明」啊！

石榴花的花瓣柔嫩，略帶點酸味，可以入饌，用來治療許多婦科疾病。有一道風雅的石榴花糯米粥，做法甚為簡易，有興趣的人不妨做來一嘗。原料是石榴花、糯米、冰糖適量，先將糯米洗淨，用清水浸泡一個鐘頭。然後把石榴花撥開花瓣，剔去花蕊部分，用清水漂洗乾淨，再用開水燙一下撈出。取砂鍋，放適量清水，放下糯米，大火煮開，小火煮四十分鐘。再放下石榴花，中火煮沸，小火煮五分鐘。最後放入冰糖，共煮一分鐘即可供食。

我的小石榴樹去年長到半公尺高，更進一步結出好幾個的石榴。這些石榴初生時青中泛紅，蒂大果小，模樣十分俏皮。接著漸大漸紅，最後變成了深紅色。去年十一月初我遠遊歸來，看到其中有一顆瑪瑙石榴已經成熟得裂開了嘴，露出裡面深紅晶亮的種子，令人想起晉人潘岳的《安石榴賦》：「遙而望之，煥若隨珠耀重淵；詳而察之，灼若列宿出雲間。千房同膜，十子如一。」也想起宋朝詩人楊萬里所說的：「半含笑裡清冰齒，忽綻吟邊古錦囊。」真是形容得太貼切了！

看著那紅寶石般的石榴子，我第一個衝動就是將它們一顆顆剝出來，拌入雪白的酸奶中，還特地裝在一個金黃有飄逸的紅花綠草圖案的景泰藍小瓷碗中，準備好好享用一番。這道雅菜看起來不但色澤鮮豔，而且有中國明清皇室的高貴。我那個景泰藍瓷碗是成對成雙的，每個瓷碗還帶著一根同式的小瓷匙，是我幾年前在北京收藏來的古董，終於派上用場了！

據說石榴原產波斯（今伊朗）一帶，在公元前二世紀漢代傳入中國：「何年安石國，萬里貢榴花。迢遞河源邊，因依漢使槎。」根據晉人張華《博物志》的記載：「漢張騫出使西域，得涂林安石國榴種以歸，故名安石榴。」安國指的是今日的布合拉，石國指的今日的塔什干。

據說公元前一一九年張騫出使西域時，來到了安石國。當時安石國正值大旱，所有的農作物和花草都一片枯黃，連御花園中的石榴樹也快枯死了。於是，張騫便把漢朝興修水利的經驗告訴他們，救活了一批農作物，也救活了這棵石榴樹。那一年石榴花開得特別殷紅，果實結得特別圓大。張騫回國的時候，安石國王想送給他許多金銀珠寶，他都沒收下，只收下了一些石榴種子，作為紀念品帶了回來。從此，石榴便開始在長安上林苑和驪山腳下定居繁衍，成為今日著名的臨潼石榴，使得臨潼有了「石榴城」的雅號。

入冬後，我菜園中的那株瑪瑙石榴仍不畏嚴寒地挺立著，妝點著我的後

▲瑪瑙石榴果粒深紅晶瑩。

院。石榴葉片從碧綠變成金黃，紛紛掉落，別有一番蕭瑟的美態。有三個尚未成熟的石榴果實因霜凍而提早裂開，露出粉紅色的種子，充滿了勃勃的生機。冬天來了，春天也不遠了，我熱切地期待著今年五月石榴花再開的絢麗輝煌。

我不禁要感謝當初將石榴引進美國的人——那或許是一位植物學家？或許是一位苗圃經營者？感謝他讓我在遙遠的美國，也能欣賞到石榴花的美態品嘗到石榴果的美味，真是功德無量啊！

柿子紅了

最近柿子紅了，我收到兩位華籍好友送來的幾十個自種家柿，大多是日本種的富友柿（Fuyu Persimmon），橙紅色圓，看起來喜氣洋洋。怪不得在中國某些地方有過年吃柿子的習俗，意指「事事如意」。

我因此最近每天猛吃甜柿，把已經軟熟的甜柿當水果鮮吃，或將甜蜜的柿漿拌在酸奶中當早餐吃，滋味勝過加蜂蜜。北宋詩人張仲殊曾如此歌詠柿子道：「味過華林芳蒂，色兼陽井沈朱，輕勻絳蠟裹團酥，不比人間甘露。」真是形容得入骨三分。至於硬脆的甜柿，我把它當蔬菜炒來吃，味道也很好。

我最近還自己發明了一道「沙茶甜柿炒牛肉」當午餐，家人吃得津津有味。把牛肉片先用蒜片、太白粉、糖、生抽、芝麻油、水醃過夜，下鍋前拌一湯匙熟油攪勻。青蔥切段，甜柿削皮切片，備用。然後起油鍋，將沙茶醬爆香，醃好的牛肉片用大火炒成八分熟，再將青蔥段、甜柿片加入，混炒片刻，倒入老抽若干，即可裝盤食用。沙茶醬的香鹹，和甜柿的甘甜，剛好起了甜鹹相濟的作用；沙茶醬性燥熱，配著寒涼的甜柿食用，吃了也不至於令人上火。而且外觀紅綠相映，看起來很悅目，是一種不錯的搭配。

加州矽谷的天氣很適合種柿子，栽培柿樹的人家很多。每年到了十一月底就到處看到橙紅的柿果掛滿枝頭，像一盞盞的紅燈籠一樣，比亮晶晶的聖誕裝飾還要吸引人。我這時喜歡開車出去兜風，欣賞形形色色的柿子。我發現除了圓形的富友柿外，還有橢圓尖形的蜂屋柿（Hachiya Persimmon），都是日本種。富友柿是甜柿，硬邦邦的時候就可以食用；橢圓尖形的蜂屋柿卻是澀柿，未成熟時是澀嘴的，軟熟時才會變甜，通常用來做柿餅。這裡有些洋人不吃柿子，僅種以觀賞，種的多是蜂屋柿，從生硬到成熟，可以欣賞一個月之久。

日本人也很喜歡種澀柿，因為觀賞價值更高。我在東京住過兩年，有一年去箱根參觀「雕刻森林公園」，就看到一株美麗至極的柿樹，樹葉都掉光了，掛滿了一顆顆橢圓尖形的柿子，柿蒂特大，襯著背後蔚藍的天空，美得超凡脫俗，不染塵埃，洋溢著如詩的秋意。原來那就是日本著名的「筆柿」，因模樣像毛筆而得名，也是一種澀柿，曬成柿餅特別好吃。

柿樹雖然原產中國，但目前以日本的品種最多。柿樹是柿樹屬植物的統稱，果實稱柿子。柿子一共有一千多個品種，主要分為「甜柿」（也稱「甘柿」）與「澀柿」兩大類。中國有兩百多個品種，最著名的是河北、北京一帶的磨盤柿、蓮花柿、甜心柿，山東的牛心柿、耿餅柿、乾帽柿、綿柿、大紅袍柿，安徽的鈴燈柿，陝西的雞心柿、湖北的羅田甜柿等。青島另有早年從日本引種的次郎柿和富友柿兩種，都是甜柿。

外子的老家在新竹北埔的山上，少時以種植茶葉和柿子為生。每年秋天就是他家做柿餅的季節，他曾親手曬過柿餅，據說整整要曬上兩個禮拜。每天早上拿到屋頂曬，當地天氣較潮濕，每天傍晚時再拿進屋內免得被露水浸濕，是一種很辛苦的勞活。亞熱帶台灣的柿子，是兩百五十年前從中國大陸傳入的，品種卻沒有那麼多，因為柿樹只能在台灣的高山上生長。在台灣，柿餅（澀柿，亦稱水柿）主要產於新竹一帶，形狀有圓有尖，當地強烈的九級風可把柿子吹得甜蜜乾透。澀柿需要人工脫澀後方可食用，脫澀的方法一般有放置一段時間，和用溫水或石灰水浸泡等。

▲加州矽谷的蜂屋柿。

我喜歡吃柿子，卻更喜歡吃柿餅，因為柿餅有清肺潤喉的作用，現在家裡既有這麼多不勞而獲的甜柿，便決定自己動手做柿餅，實驗一番。柿餅的做法不難，就是要有耐心，得整整曬上兩個禮拜才能乾透：在外子的指導下，我把五個半熟的柿果先刨淨外皮，整齊地攤放在竹盤上用太陽曬，竹盤則放在離地面一米高的架子上。柿果白天攤曬時將萼盤朝下，加州矽谷初冬晚上會下霜，夜晚時得拿進屋內以免霜凍。柿子在曬到第七天果肉稍軟時，就可開始捏餅。以後邊捏邊曬，繼續翻曬七至十天，曬至半乾時，即可停曬，也要整整兩個禮拜才能完工。自己曬的柿餅，有加州陽光的芬芳，吃起來特別香甜！

▲自製柿餅。

柿餅外部有一層白色粉末，叫做「柿霜」，主要是由柿子內部所滲出的葡萄糖，所凝結成的晶體所構成。這些晶體不易同空氣中的水分相結合，因此柿餅表面通常會保持乾燥，這也有利於柿餅的保存。柿子還可以釀成柿酒、柿醋，加工成柿脯、柿粉、柿霜、柿茶、凍柿子等等。在中國北方，尤其是山東一些地區的人們，還用柿來做柿子煎餅。

據說中國最佳的柿餅，產於山東菏澤。菏澤古稱曹州，曹州耿庄所產的柿餅被稱為「耿餅」，當地的柿子也被稱為「耿餅柿」，已有上千年的生產歷史，早在明代就馳名全國，被列為貢品。曹州耿餅橙黃透明，肉質細軟，霜厚無核，入口成漿，味醇甘甜，且耐存放，歷年來被視為柿餅中的上品。耿餅據說還有較高的藥用價值，有清熱、潤肺、化痰、健脾、澀腸、治痢、止血、降血壓等功能，柿霜可治療喉痛、口瘡等病症。

但我還是最喜歡吃自己曬的柿餅，外硬裡軟，口感甜而有彈性。只是柿霜較少，而且因絲毫不含任何防腐劑，得馬上吃完，否則會發霉。據說新竹北埔當地的客家人還用吃不完的柿餅燉雞湯，滋潤清補，我最近也燉來一試，果然湯味甘美。可見柿子的確是可以入饌的！據說台灣還有一些農場已開發出「柿子宴」來，菜單有柿子生菜沙拉、上湯柿百蘆……等名菜。上湯柿百蘆，就是將脆柿片、百合、蘆筍快火混炒的一道蔬菜佳肴，一看就令人覺得養生又美味，不久後我必定再炒來一試！

榲桲與饞

我少年時代初聞榲桲（Quince）的大名，是在梁實秋先生的散文〈說饞〉一文中。他解釋什麼叫「饞」，就是用「榲桲」這種珍稀水果來譬喻的。他說：有個兒子帶回家四只鴨梨，父得梨，大喜，當即啃了半只，隨後就披衣戴帽拿著一只小碗衝出門外，在風雨交加中不見人人影……約一小時，老頭子托著碗回來了……原來他是要吃榲桲拌梨！

梁實秋的結論是：「這老頭子吃剩半個梨，突然想起此味，乃不惜於風雪之中奔走一小時。這就是饞。」比喻得既形象又貼切，既風雅又有品味。可惜榲桲只生長於北溫帶的乾燥地區，生長於亞熱帶台灣的我，第一次看到、吃到榲桲，竟是在美國的加州！

榲桲的外貌就像一顆梨，也像一顆蘋果，果皮綠中泛黃，香氣馥郁，因而別號「木梨」，但榲桲的果汁較少，果肉硬而酸，美國人通常不鮮吃，而是做成果醬來食用。我則把榲桲試做成中國菜，有時略為川燙，做成「榲桲拌白菜心」來開胃下飯。有時將榲桲切塊加冰糖略煮，做成「冰糖榲桲」甜點，吃來甘酸甜潤，並帶著榲桲天然的果香，是一道健康美味的甜點。

梁實秋先生長於北京，因此吃得到榲桲。但榲桲在北京人的心目中仍是一種珍稀的水果，事實上也是如此。榲桲原產於伊朗和土耳其，如今在世界各國皆有分布。榲桲其實很早就被引進西方，比蘋果要更早流行，希臘神話中所傳說的「引起紛爭的金蘋果」，實際上就是金色的榲桲果。榲桲則稍晚才被引進中國，或許是在漢代時歷經絲路而傳入中土的？

新疆維吾爾族人喜歡吃榲桲，稱榲桲為「比也」。新疆的漢人則稱之為「木瓜」，但這其實是一種謬誤。真正的「木瓜」，是薔薇科貼梗海棠類植物，跟榲桲是相近而不相同的水果。中國的榲桲主要生長在西北各地，以新疆為最大宗。

新疆維吾爾族人除了生食榲桲外，還拿來做蜜餞，是一種甜味新疆八寶抓飯的主要配料。新疆的榲桲首要分布在天山以南，沿塔里木盆地邊緣的綠洲上，以阿克蘇地域的沙雅、新和、庫車最多，庫爾爾勒、喀什、克州、和田也有零星種植，以阿圖什市最多。

加州矽谷的超市中，有時在中秋時節可以買到榅桲，但跟有機農場所生產的新鮮榅桲相比，色香味相差不可以道理計。我的文友翠軒女士在矽谷的南灣經營「大王農場」十餘年，農場內種了兩株榅桲樹，長得又大又好，年年結實纍纍。我先參考了植物百科全書，又跟翠軒聊了一番，印證了書上所記載的關於榅桲栽植的描述。她說榅桲樹只要澆水量夠，其實很容易開花生長，但並不容易結出果實，要有耐心等候才會有收穫，顯見其珍稀。

她說栽植榅桲樹通常要第二年才能開花結果，但果實常在發育半途中脫落，結果率不高。等到第三年後結果率才開始穩定，但數量仍然不多。她的榅桲樹在七、八年後才長得粗壯茂密，結實纍纍，開始享受到收穫的喜悅。她用巧手將這些新鮮的榅桲果，製成美味的榅桲果醬，裝罐販售，頗受歡迎。

翠軒女士，就是台灣當年省運游泳冠軍沈珍妮，也是鼎鼎大名的「沈家三姊妹」之一。她也是我台大歷史系的學姊，出國後改行從事幼兒教育。她對花草樹木特別有興趣，從幼教退休後，和台大畜牧系畢業的夫婿王先生合開大王農場，她專管植物，他專管動物，兩人合作無間，經營得有聲有色。

▲榲桲花及果。

我久仰她的大名，卻在三年前才在加州矽谷的某個作家聚會中初見廬山真面目。同是愛花人，一談便覺投緣，她談起她家裡有好幾株不同品種的桃花，約我春天桃花開時去賞花，吃她做的農家菜，我們便訂下了「桃花之約」。當時她還帶了自產自製的榲桲果醬來送給大家，一人一罐，我十分驚喜，迫不及待地帶回家品嘗。那榲桲果醬吃起來香香酸酸的，帶著一絲甜味，味道很天然。比美國超市裡販售的榲桲果醬，不知道要高明多少，配著鹹鹹的小脆餅吃，滋味最棒。

我果然在當年的三月去踐約，初次去探訪大王農場，除了幾株豔麗的桃花外，只見那兩株榲桲樹長得又大又美，正開著粉紅色的花朵，每朵花有五片花瓣，烘托著金黃的花蕊，外貌嬌柔溫婉，有如大家閨秀，和梨花、蘋果花的外貌全不相同。當年五月底，她家的枇杷成熟時，我又帶著二十個我所創辦的「紫藤書友會」會友去採枇杷，只見那兩株榲桲樹已結出許多青黃的小果，棕褐的果蒂尚未掉落，模樣十分趣致。

今年十月中旬榲桲成熟時，翠軒送給我兩個成熟的新鮮榲桲當禮物，我如獲至寶，一個拿來做「榲桲拌白菜心」當小菜，一個拿來做成「冰糖榲桲」當甜點，為我平淡的生活，憑添不少新滋味。

「榅桲拌白菜心」的製作很容易，我將新鮮的榅桲、紅蘿蔔、白菜心各切成細絲，在滾水中汆燙，即速撈起，泡在冷水中片刻，瀝乾備用。然後將榅桲絲、紅蘿蔔絲、白菜絲拌勻，加適量的糖、鹽、醋調味，醃個二十分鐘後即可供食。鵝黃的榅桲絲，雪白的白菜絲，橙紅的紅蘿蔔絲，在視覺上營造出繽紛的美感，入口甘酸爽脆，香酸開胃，而且可以解酒，很適合配著北京烤鴨，或其他油膩的肉食來食用。

「冰糖榅桲」的製作更是簡易，只要將新鮮榅桲去心去蒂，切大塊，加適量清水滾開，煮五至十分鐘，讓榅桲有點軟爛又保持塊狀，再略為搗碎，然後加冰糖調勻，燜煮片刻，使其入味即成。這道甜食在甜潤的果味中帶著微酸，在飽啖甘肥後正好消油解膩，止渴生津。秋冬之際，氣候總有點乾燥，容易上火，飯後吃這道健康美味的甜點，真是再合適不過了。

根據李時珍《本草綱目》的記載，「榅桲，味酸、甘，溫中，下氣消食，除心間酸水，去臭：去胸膈積食，止渴除煩。將臥時，啖一、兩枚，生、熟皆宜。主治水瀉、腸虛、煩熱，散酒氣，並宜生食。」說榅桲可以生吃，也可以熟食，在睡覺前吃最好，不但止渴、去火、解宿醉，還可以治療許多腸胃性疾病，信哉斯言！

手作花果料理食譜

梨花

梨花沙拉

材料

蘿蔓生菜、番茄、梨花、糖、鹽、芝麻油皆適量。

做法

1. 將蘿蔓生菜洗淨瀝乾，鋪在盤底。
2. 番茄切成四等分，放於生菜葉上，擺上幾朵洗淨後的梨花。
3. 以糖、鹽、芝麻油略拌，即成。

新世紀梨排骨湯

材料

排骨一斤、南杏、北杏若干、新世紀梨兩個、鹽適量。

做法

1. 取一湯鍋，倒入適量水煮至滾沸，將排骨放入汆燙約一分鐘後取出，洗淨備用。
2. 將新世紀梨洗淨，削皮切塊。
3. 將排骨、南杏、北杏、新世紀梨塊，放入燉鍋中，用大火煮開後，改轉小火，燉兩個小時。
4. 加鹽調味，即可供食。

木瓜海棠

自製青紅絲

材料

新鮮木瓜 *、冰糖、紅色素、綠色素、水。

做法

1. 將新鮮木瓜去核切絲。
2. 放入已加入冰糖的水，以小火熬成蜜餞。
3. 將木瓜絲二分，一半以紅色素染紅，另一半以綠色素染綠。
4. 於冰箱靜置三天以上，即成。

* 非番木瓜

小型八寶飯

材料

自製青紅絲、桂花醬、蓮子、紅棗、枸杞、豆沙、蜂蜜、冰糖、鹽、素油皆適量，新鮮桂花少量、糯米一杯。

做法

1. 將糯米煮熟。
2. 將適量的蓮子、紅棗、枸杞用溫水泡發，瀝乾備用。
3. 選擇一個小圓碗，塗上一層素油，將蓮子、紅棗、枸杞、青紅絲排成好看的圖案，盛入三分之二的糯米飯。
4. 填入豆沙，再盛入最後三分之一的糯米飯，並將其抹平，上籠用小火蒸兩個小時。
5. 最後倒扣於白瓷盤中，淋上桂花醬，並灑上新鮮桂花，即成。

李花

李子排骨

材料

兩磅排骨（約九百公克）、蒜瓣四個、熟透的小李子十二個、米酒、冰糖、陳年醬油、水適量。

做法

1. 將李子燙去外皮備用。
2. 起油鍋將蒜末爆香，將排骨放入鍋內煸炒。
3. 加入適量米酒、冰糖、老抽、清水，大火煮沸後再加入去皮的李子，以中火紅燒十分鐘，再改成中大火，將汁收乾，即可盛盤。

桃花

桃花豆苗蛋餅

材料

雞蛋兩顆、粉紅桃花五朵、豌豆苗若干、白胡椒、鹽少許。

做法

1. 打兩顆蛋於碗中，略加鹽調味。
2. 將五朵桃花去除花蕊，摘下花瓣，洗淨備用。
3. 若干豌豆苗摘下葉片洗淨。
4. 在平底鍋中澆一湯匙的油，淋下蛋液，攤成蛋餅狀，呈半凝固狀態時，放下桃花瓣、豌豆苗。
5. 略加少許鹽、白胡椒調味，再捲成蛋捲，將其燜熟，即可起鍋食用。

含笑

含笑花涼拌海蜇

材料

含笑花瓣、海蜇絲適量，鹽、胡椒粉、麻油、黑芝麻皆少許。

做法

1. 將含笑花瓣剝下洗淨備用。
2. 將海蜇絲洗淨，再用清水漂洗幾回，以洗去多餘鹽分，在熱水中略燙，撈起瀝乾待用。
3. 將海蜇絲加鹽、胡椒粉、麻油拌勻，再撒下含笑花瓣、黑芝麻，即成。

紫藤

紫藤松子可麗餅

材料

紫藤花四串、中筋麵粉半杯、雞蛋一個、牛奶四分之一杯、水四分之一杯、鹽八分之一茶匙、奶油一大湯匙、鹽、白糖、松子皆少許。

做法

1. 將紫藤花摘去蕊絡，僅留花瓣，用水洗淨。
2. 把鹽、白糖、松子、紫藤花辦拌勻，醃漬過夜。
3. 中筋麵粉加上適量的水、鹽拌勻，加入牛奶，再加入雞蛋攪勻。
4. 在平底鍋放入奶油一大湯匙，大火融化後，倒入雞蛋麵粉混合液，改成中火，攤成圓形薄餅。
5. 薄餅煎至八分熟時，再將藤蘿花餡放在正中，將薄餅兩邊捲起，翻面放在盤中即成。

玉簪花

酥炸玉簪花

材料
玉簪花、紅色小番茄、新鮮豆腐渣、麵粉皆適量，核桃仁、金華火腿、蔥皆少許。

做法
1. 核桃仁烤熟後輾成細末，和入麵粉、清水中攪勻。
2. 將玉簪花均勻裹上麵漿，放到油鍋內，用中火炸成金黃，撈起瀝乾，置於盤中。
3. 將金華火腿以熱水燙過，切成細末，在油鍋中煸炒，再加入豆腐渣，以中火慢慢混炒至乾鬆為止，並於最後加上蔥花增色。
4. 將炒好的豆腐渣圍在炸黃的玉簪花四周，頂上放上一朵新鮮的玉簪花，四周以紅色小番茄裝飾，即成。

杏花

杏汁扒鴨腿

材料

杏仁甜酒一杯、甜杏四顆、鴨腿兩隻、奶油、黑椒、鹽各適量。

做法

1. 甜杏去核切小塊，與杏仁甜酒、黑椒、鹽調成醬汁備用。
2. 將鴨腿表面略切幾刀，浸泡於甜杏醬汁中醃泡過夜。
3. 次日，以紙巾略擦拭其上的醬汁，在鴨皮撒上椒鹽。
4. 以奶油熱鍋，用大火燒熱後放入鴨腿，轉成中火，兩面各煎五分鐘，即可盛盤。
5. 另鍋將甜杏醬汁燒沸，加入適量奶油，起鍋前倒入一些杏仁甜酒，即可淋在煎好的鴨腿上，飾以茴香葉，即可供食。

芍藥花

芍藥豆腐湯

材料

芍藥花一朵、豆腐、銀耳、高湯、鹽、芫荽、香油皆適量。

做法

1. 芍藥花洗淨，取下花瓣。
2. 將豆腐切成小塊，銀耳浸軟摘成小塊。
3. 豆腐、銀耳加入高湯煮沸，加鹽調味後，放入芍藥花瓣、芫荽略煮，淋上香油，即可食用。

酥炸芍藥花

材料

新鮮芍藥花瓣若干、高湯、天婦羅粉皆適量。

做法

1. 將天婦羅粉對上適量的高湯，做成麵糊。
2. 將芍藥花瓣薄薄沾上麵糊。
3. 燒沸鍋中的油，以中火略炸，即可撈起瀝乾。

玉蘭花

玉蘭花炒雞絲

材料

雞胸肉半磅、蛋白少許、玉蘭花苞八個、雞湯、太白粉適量，糖、鹽、料酒皆適量。

做法

1. 將雞胸肉切絲，並以蛋白、糖、鹽、料酒醃過夜。
2. 起油鍋，用中火將醃好的雞絲炒至八分熟盛起。
3. 放入玉蘭花苞略炒。
4. 將炒至八分熟的雞絲放入，略拌。
5. 以雞湯勾芡，即可食用。

香蕉花

香蕉花羅勒炒雞柳

材料

香蕉花半朵、雞胸肉半磅（約四百五十四公克）、羅勒葉、太白粉、醬油、糖、芝麻油、鹽、沙拉油皆適量。

做法

1. 將香蕉花的苞片洗淨瀝乾，切片備用。
2. 雞胸肉切成條狀，以太白粉、生抽、糖、芝麻油、鹽、糖，醃一個小時以上。
3. 於鍋中放兩匙油，中火將油燒熱，將醃好的雞柳入鍋，慢炒兩分鐘，八分熟時即可盛出。
4. 再於鍋內放入一匙的油，大火將油燒熱，將切好的香蕉花苞片，入鍋爆炒一分鐘，再放入八分熟的雞柳、羅勒葉共同混炒片刻。
5. 將以上成果，盛入香蕉花的苞片中即可供食。

玫瑰

玫莓里肌

材料

紅玫瑰若干、豬里肌半磅、蔥、薑、蒜、高湯、紅葡萄酒、太白粉、蛋白、鹽、糖適量，草莓醬少許。

做法

1. 紅玫瑰花瓣洗淨，切絲備用。
2. 豬里脊肉切成細絲，用適量的太白粉、蛋白、鹽、糖醃過，攪拌均勻，醃二十分鐘以上。
3. 起油鍋燒到八分熱，將豬里脊肉絲炒熟，盛起備用。
4. 另起油鍋，先放蔥、薑、蒜末爆香，再淋下高湯、紅葡萄酒、鹽、糖、草莓醬、太白粉燒沸。
5. 加入豬里脊肉絲、玫瑰花絲拌勻，即可盛起。

茉莉花

茉莉花烘蛋

材料

枸杞子、鹽、糖、素油適量、雞蛋兩個、新鮮茉莉花一朵、茉莉花苞十個。

做法

1. 將適量的枸杞子以水泡發。
2. 將雞蛋打成蛋液，並將茉莉花苞、枸杞子加入其中。
3. 加入鹽、糖攪拌均勻。
4. 將素油倒入鍋中，大火燒熱，將混合好的蛋液倒入，小火烘成金黃的蛋餅，盛盤並於其上飾以新鮮茉莉花，即可食用。

萱草

橙花萱草西式沙拉

材料

橙花萱草四朵、庫爾勒香梨一個、紐西蘭蘋果半顆、洋蔥半顆、甜茴香葉一把、檸檬半顆。

做法

1. 先將甜茴香葉洗淨切絲。
2. 金針花除去花蕊，剝下花瓣。
3. 庫爾勒香梨、紐西蘭蘋果、洋蔥各切成絲。
4. 最後將梨絲、蘋果絲、洋蔥絲、金針花瓣，放在盤中，加入半顆檸檬汁，拌成沙拉即可食用。

刺梨仙人掌

刺梨仙人掌沙拉

材料

刺梨仙人掌葉一大片、大番茄一顆、洋蔥一顆、芫荽適量；可隨個人喜好添加堅果。

做法

1. 將仙人掌葉切條，番茄及洋蔥切丁。
2. 灑上芫荽，倒入檸檬汁攪拌，即可食用。

刺梨仙人掌炒絲瓜

材料

中型澎湖絲瓜一條、刺梨仙人掌葉一大片、蒜、鹽適量

做法

1. 將澎湖絲瓜切塊，仙人掌葉切條。
2. 起油鍋後，以蒜末爆香。
3. 將食材一起混炒，略加鹽調味，直到軟熟即可。
4. 如果有刺梨的果實，將刺梨果肉挖出，下鍋同炒，紅綠相映，甜鹹相濟，食味更佳。

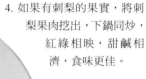

櫛瓜花

櫛瓜花天婦羅

材料

櫛瓜花十朵、天婦羅粉少許、水適量、素油半鍋。

做法

1. 素油用大火燒熱，轉成中火。
2. 將天婦羅粉加適量的水調成麵糊。
3. 將櫛瓜花沾上麵糊，下鍋油炸。
4. 油炸時，將剩餘的麵糊，用筷子輕點在櫛瓜花塊上，並不時翻面，約五分鐘後用網勺撈起，瀝油，即可食用。

夜來香

夜來香番茄炒蛋

材料

小番茄三顆、雞蛋兩個、夜來香鮮花八朵、鹽、糖皆適量。

做法

1. 小番茄洗淨瀝乾，切片備用。
2. 雞蛋打成蛋液。
3. 夜來香鮮花去蒂，與番茄片一同放入蛋液，並加鹽、糖調味。
4. 炒鍋中放入一匙沙拉油，以大火燒熱，將混合後的蛋液放入，翻炒約兩分鐘，即成。

木槿花

木槿花炒肉絲

材料

豬排兩片、木槿花六朵、太白粉、糖、醬油、高湯皆適量、生薑、生蒜、少許。

做法

1. 將豬排切成粗絲，以太白粉、糖、醬油醃過。
2. 生薑、生蒜各自切碎備用。
3. 木槿花洗淨瀝乾。
4. 起油鍋，油沸後改成中火，將生薑末、生蒜末爆香，再將醃過的豬肉絲炒熟，轉成大火，放進木槿花略拌，澆上高湯調味，即成。

木槿花豆腐湯

材料

木槿花數朵、豆腐一塊、火腿一片、高湯適量、鹽適量。

做法

1. 將豆腐切塊，倒入高湯煮熟。
2. 將火腿切丁加入湯裡。
3. 木槿花洗淨瀝乾，連萼放入豆腐湯裡，加鹽調味即成。

山苦瓜

山苦瓜炒鹹鵝蛋黃

材料

山苦瓜一個、鹹鵝蛋一個、青蔥少許、白糖適量。

做法

1. 將山苦瓜對半切後去籽，切成薄片。
2. 青蔥切粒，鹹鵝蛋去殼切成兩半，挖出蛋黃備用。
3. 起油鍋，大火燒熱，先放入蔥花爆香，再放入鹹鵝蛋黃炒鬆。
4. 略加白糖調味。
5. 放入山苦瓜片拌炒約一分鐘，即成。

秋海棠

秋海棠果凍

材料

秋海棠花十餘朵、白葡萄汁五百 cc、果凍粉十公克、糖三十公克、鮮奶油適量

做法

1. 將秋海棠花摘下洗淨，加糖、水煮沸。
2. 燜煮數分鐘後，熄火，讓花浸泡於糖水中放置一夜，製成秋海棠露。
3. 將秋海棠花瓣濾去，倒入白葡萄汁、果凍粉攪勻，加熱煮沸，過程中記得輕輕攪拌。
4. 加入適量的糖，讓它再煮沸一次，再離火冷卻。
5. 在葡萄酒杯杯底放入兩朵新鮮海棠花瓣，再將稍涼而尚未凝固的海棠露倒入杯中，放進冰箱擱置一夜，即成。
6. 食用前可擠上幾朵鮮奶油，讓色彩更夢幻。

秋海棠拌鮑魚

材料

鮑魚罐頭一罐、秋海棠花十餘朵、油、糖、鹽、蒜頭各適量。

做法

1. 秋海棠花洗淨瀝乾。
2. 鮑魚切片，蒜頭切成蒜末備用。
3. 起油鍋，放入油將蒜末爆香。
4. 加入鮑魚片略為翻炒，加鹽、糖調味。
5. 撒下秋海棠花，一同拌炒一分鐘即成。

橄欖

中式甜橄欖

材料

橄欖二十個、酸梅粉一包、冰糖適量。

做法

1. 將橄欖以熱開水燙過，再以冷水浸泡一至兩天。
2. 浸泡橄欖期間，每三至四小時換一次水。
3. 將泡好的橄欖撈出瀝乾，加入酸梅粉、冰糖醃泡，置於冰箱三個月以上，即成。

美人蕉

蕉藕雞肉糯米飯

材料

美人蕉藕一個、雞胸肉兩百公克、糯米一杯、蔥、薑、雞清湯、鹽、糖各適量。

做法

1. 糯米一杯先浸泡過夜。
2. 蕉藕、雞胸肉切塊，加入電鍋中的生糯米中，加水半杯，雞清湯半杯。
3. 再加入蔥、薑、鹽、糖調味，放入電鍋煮熟即成。

南瓜花

南瓜花烘蛋

材料

雞蛋兩個、南瓜花若干、紅椒半顆、蔥花適量、鹽適量。

做法

1. 將雞蛋打成蛋液，放入南瓜花、紅椒、蔥花，以鹽調味，並拌勻。
2. 下油鍋以中火將兩面煎黃，即成。

蘋果

華爾道夫沙拉

材料

雞胸肉三百公克、西洋芹兩條、雞湯適量、核桃仁十顆、紐西蘭蘋果一個、美乃滋適量、白糖適量。

做法

1. 雞胸肉以熱水煮至九分熟，以手撕成細絲備用。
2. 將西洋芹切塊，在雞湯中略燙備用。
3. 將核桃仁烤熟。
4. 以上食材與切塊的紐西蘭蘋果混合，拌入適量的美乃滋、白糖，下墊以生菜即成。

萬壽菊

萬壽菊炒蛋

材料

複瓣橙紅萬壽菊花瓣適量、雞蛋兩個、鹽、糖適量。

做法

1. 先將萬壽菊洗淨，剝下花瓣，瀝乾備用。
2. 雞蛋打勻，並以適當鹽、糖調味，再放入萬壽菊花瓣同拌。
3. 將拌好的蛋液下鍋炒熱，即成。

無花果

無花果杏仁排骨湯

材料

排骨一磅、無花果乾七至八顆、
南北杏、鹽若干

做法

1. 將排骨燙去血水。
2. 在另一鍋清水中加入燙好的排骨、無花果乾、南北杏，以慢火燉一個半小時，放入鹽調味即成。

無花果紅酒紅燒肉

材料

豬里肌肉半磅、洋蔥一顆、無花果乾七至八顆、紅葡萄酒、醬油、鹽、糖適量。

做法

1. 將無花果乾加水泡軟備用。
2. 洋蔥切絲，里肌肉切塊，先後放入油鍋爆香。
3. 加入紅酒、醬油、鹽、糖調味，燉煮至入味，即成。

柿子

沙茶甜柿炒牛肉

材料

牛肉片三百公克、蒜片若干、青蔥兩條、沙茶醬、太白粉、糖、醬油、芝麻油各適量。

做法

1. 把牛肉片用蒜片、太白粉、糖、醬油、芝麻油、水，醃漬一夜。
2. 下鍋前拌入一湯匙熱油。
3. 青蔥切段，甜柿削皮切片，備用。
4. 起油鍋，將沙茶醬爆香，加入牛肉片以大火炒成八分熟，再將蔥段、甜柿片加入混炒片刻，最後倒入醬油若干即可盛盤。

瑪瑙石榴

石榴酸奶

材料

石榴一個、酸奶三百五十 CC。

做法

1. 將石榴剝開，把其中的石榴子一粒粒取出。
2. 取一小碗放入石榴子，加入酸奶，略攪即可完成。

榲桲

冰糖榲桲

材料

榲桲一顆、冰糖適量。

做法

1. 將榲桲去心去蒂，切大塊。
2. 加適量清水滾開，煮五至十分鐘後，將榲桲搗碎。
3. 加入冰糖調勻，燜煮片刻即成。

榲桲拌白菜心

材料

榲桲一個、紅蘿蔔一條、白菜心一個、糖、鹽、醋各適量。

做法

1. 榲桲、紅蘿蔔、白菜心各切成細絲，在水中汆燙，即速撈起。
2. 將榲桲絲、紅蘿蔔絲、白菜心絲拌勻，加適量的糖、鹽、醋調味，醃二十分鐘後即可食用。

草莓與忍冬

草莓忍冬沙拉

材料

草莓兩杯、臍橙一個、椰絲、日本忍冬花各半杯。

做法

1. 草莓、臍橙洗淨，切塊瀝乾。
2. 將日本忍冬花洗淨，去除花蕊，洗淨瀝乾。
3. 將椰絲與以上材料拌在一起，即成。

文學叢書 532

餐桌上的芍藥花

作　　者　周芬娜
攝　　影　周芬娜
總 編 輯　初安民
責任編輯　劉于倫　陳健瑜
美術編輯　林麗華
校　　對　周芬娜　劉于倫　陳健瑜

發 行 人　張書銘
出　　版　INK印刻文學生活雜誌出版有限公司
新北市中和區建一路249號8樓
電話：02-22281626
傳真：02-22281598
e-mail：ink.book@msa.hinet.net
網　　址　舒讀網http：//www.sudu.cc

法律顧問　巨鼎博達法律事務所
施竣中律師
總 代 理　成陽出版股份有限公司
電話：03-3589000（代表號）
傳真：03-3556521
郵政劃撥　19000691　成陽出版股份有限公司
印　　刷　海王印刷事業股份有限公司

港澳總經銷　泛華發行代理有限公司
地　　址　香港新界將軍澳工業邨駿昌街7號2樓
電　　話　(852) 2798 2220
傳　　真　(852) 2796 5471
網　　址　www.gccd.com.hk

出版日期　2017年5月　初版
ISBN　978-986-387-159-0

定　價　320元

國家圖書館出版品預行編目資料

餐桌上的芍藥花／周芬娜著；
--初版，--新北市：INK印刻文學，
2017.05　面；　公分（文學叢書；532）
ISBN 978-986-387-159-0（平裝）
855　106002781